*Werner J. Egli*
wurde 1943 in Luzern, Schweiz, geboren und lebt heute als freier Schriftsteller in den USA, in Freudenstadt (D) und in Zürich. Seine erfolgreichen und in viele Sprachen übersetzten Jugendbücher wurden unter anderem 1980 mit dem Friedrich-Gerstäcker-Preis, 1988 mit dem Preis der Leseratten (ZDF) und 1994 mit dem Jugendbuchpreis der Ausländerbeauftragten des Senats Berlin ausgezeichnet. Im Jahr 2002 wurde er für den Hans-Christian-Andersen-Preis nominiert, die international höchste Auszeichnung für Jugendliteratur.
*Unter www.egli-online.com ist der Autor auch im Internet zu finden.*

*Von Werner J. Egli zuletzt im Verlag Carl Ueberreuter erschienen:*
Der erste Schuss
Black Shark
Kämpfe oder stirb auf Raten
Flucht aus Sibirien
Der letzte Kampf des Tigers

Werner J. Egli

# DREAM ROAD

UEBERREUTER

Das säurefreie und alterungsbeständige Papier EOS liefert Salzer, St. Pölten
(hergestellt aus chlorfrei gebleichtem Zellstoff aus nachhaltiger Forstwirtschaft).

ISBN 978-3-8000-5643-9

Umschlaggestaltung von init, Büro für Gestaltung, Bielefeld,
unter Verwendung von Fotos von Getty Images, München, und © iStockphoto.com

Druck: CPI Moravia Books GmbH, CZ
7 6 5 4 3 2 1

Ueberreuter im Internet: www.ueberreuter.at

Die Schergen des Geheimdienstes kamen mitten in der Nacht.

Platzten in seinen Traum, als wäre er es gewesen, der ihnen die Tür sperrangelweit aufgemacht hatte.

Doch er hörte sie nicht einmal kommen, so geübt waren sie darin, sich lautlos zu bewegen, lautlos in Häuser einzudringen und natürlich auch lautlos zu töten, wenn dies von ihnen verlangt wurde.

Begleitet wurden sie von einem Einsatzkommando der Staatspolizei, Bullen in schwarzen Uniformen, Kampfstiefeln, Panzerwesten und Gesichtsmasken.

Im ganzen Haus, in dem auf fünf Etagen mehrere Familien wohnen, hörte sie niemand.

Sie schlichen im dunklen Hausflur die Treppe hinauf, ihre Dienstwaffen schussbereit. Geschmeidig bewegten sie sich, dunklen Schatten gleich, die, vom Licht getroffen, in sich zerfallen wären wie alles, das nur in der Dunkelheit der Nacht existieren konnte.

Sie jedoch waren keine Schatten. Sie waren aus Fleisch und Blut. Männer, die das, was sie jetzt taten, tausendfach geübt hatten, bis sie endlich zu jener Elite gehörten, auf die immer hundertprozentig Verlass war.

Als jedoch sein Vater hörte, wie die Wohnungstür geöffnet wurde, als sein Vater begriff, dass sie gekommen waren, um seine Frau zu verhaften oder zu töten, als sein Vater sich im Bett aufsetzte und das Licht einschaltete, und dadurch auch seine Mutter erwachte, da wurden aus den Schatten die Monster, die sie wirklich waren.

Blitzschnell drangen sie in die Wohnung ein, stürmten zuerst das Elternschlafzimmer, dann Mikas Zimmer.

»Junge, wenn du vernünftig bist, passiert dir nichts«, bellte einer von ihnen durch die kleine Mundöffnung der Gesichtsmaske.

Mika lag still. Rührte sich nicht. Lag einfach nur da, das Blut in seinen Adern eiskalt, obwohl sein Herz raste.

Er starrte durch die offene Tür in den Flur. Dort stand jetzt einer, der keine Uniform trug. Dunkel gekleidet, in einem dunklen Regenmantel und mit einem dunklen Hut auf dem Kopf. Er kam zur Tür, sein Gesicht ungeschützt, als hätte er nie etwas zu befürchten, auch wenn man ihn erkannte, eine blasse Maske. Sein Blick streifte Mika. »Alles in Ordnung«, sagte er und es war mehr eine Feststellung als eine Frage.

Trotzdem antwortete ihm der Bulle hinter der Gesichtsmaske. »Alles in Ordnung.«

»Gut«, sagte der Mann. Schaute Mika an. Lächelte kalt. »Junge, wir müssen deine Mutter leider zu ihrer eigenen Sicherheit in Schutzhaft nehmen. Das verstehst du doch?«

Mika gab dem Mann keine Antwort.

»Du denkst, so wie wir hier eingedrungen sind, sind wir irgendwelche Monster, stimmt's?«

Mika schwieg.

Der Mann drehte sich um und ging zum Elternschlafzimmer.

Das blasse Gesicht, die kalten blauen Augen, die Stimme, Mika würde sie nie vergessen. Er würde diesen Mann nie vergessen.

Solange er lebte, würde der Mann in seiner Erinnerung eingeschlossen sein, tagsüber, wenn er träumte, und genauso in der Nacht.

Er hörte seinen Vater und seine Mutter ein paar Worte wechseln.

Er hörte jemand ins Badezimmer gehen. Im Spiegelschrank herumkramen.

»Eine Einkaufstüte genügt«, hörte Mika den Mann sagen. »Es tut mir leid, aber dies geschieht alles zu ihrer eigenen Sicherheit und zum Schutz ihrer Familie.«

»Versuchen Sie nicht, sich zu rechtfertigen«, hörte Mika seine Mutter sagen. »Wir wissen, was hier abgeht. Wir kennen Ihre Auftraggeber.«

»Sie wissen gar nichts«, antwortete der Mann.

Mikas Vater erschien im Flur. Im Pyjama. Das Haar zerzaust. Als er an der Zimmertür seines Sohnes vorbeikam, blieb er kurz stehen.

»Mika«, sagte er, »vielleicht solltest du dich von deiner Mutter verabschieden.«

»Der Junge hat wenigstens verstanden, worum es geht«, sagte der Bulle durch die Mundöffnung seiner Gesichtsmaske. »Er wird uns dankbar sein.«

»Der Zynismus, mit dem Sie das sagen, ist erschreckend«, hörte Mika seinen Vater sagen. »Wenn seine Mutter Schutz braucht, braucht sie ihn vor euch.«

Mika hörte seinen Vater in die Küche gehen und eine Schiebetür des Küchenschrankes aufmachen.

Er entnahm ihm eine Einkaufstüte des Lebensmittelladens unten auf der Straße. Dann ging er ins Schlafzimmer zurück. Einer der Bullen folgte ihm auf Schritt und Tritt.

Mikas Mutter fragte, ob sie ihren Anwalt anrufen dürfe.

»Nicht jetzt«, hörte Mika den Mann mit dem blassen Gesicht sagen. «Außerdem brauchen Sie keinen Anwalt. Wir tun alles für Sie.«

»Dann würde ich gern in der Redaktion meiner Zeitung anrufen.«

»Sie werden bald Gelegenheit dazu erhalten«, entgegnete der Mann.

Einige Minuten später verließen sie die Wohnung.

Mika bemerkte durch die offene Tür die Hände seiner Mutter, auf ihrem Rücken der matte Glanz der Handschellen im

Licht der Schlafzimmerlampe, dort, wo deren Schein den Flur erhellte.

Seine Mutter drehte sich nicht nach ihm um. Sie ging einfach. Vielleicht hoffte sie, dass sie noch heute wieder freigelassen würde. Am Morgen vielleicht, wenn der Tag anbrach und Albträume zu Ende gingen.

Als die Haustür ins Schloss fiel, machte Mika die Augen zu.

Er wünschte sich aufzuwachen, aber sein Wunsch ging nicht in Erfüllung.

Er war wach.

Was geschehen war, war geschehen.

Er hörte seinen Vater ins Zimmer kommen. Sein Vater war ein großer Mann. Das Bett knarrte, als er sich auf die Kante setzte.

Eine Minute verstrich, ohne dass er etwas sagte. Einmal verlagerte er das Gewicht, legte seine große Hand auf Mikas Arm.

»Sie werden sie so schnell nicht mehr freilassen, Mika«, sagte er. »Ich rufe jetzt Peter an.«

Mika öffnete die Augen und setzte sich auf. Sein Vater strich ihm über den Kopf. Hatte er schon lange nicht mehr getan.

»Mika, mein Sohn, die ganze Welt wird erfahren, dass deine Mutter verhaftet worden ist.«

»Die Welt ist blind und taub«, entgegnete Mika seinem Vater. »Das weißt du so gut wie ich.«

Sein Vater holte tief Luft. »Du irrst dich, Mika. Leute wie deine Mutter haben viele Freunde auf der Welt. Sie alle kämpfen für die Rechte der Menschen. Für die Freiheit, zu sagen, was man sagen muss. Sie kämpfen für die Schwachen, die keine Stimme haben. Wenn sie hören, was deiner Mutter widerfahren ist, werden viele Zeitungen, auch solche im Ausland, von der Verhaftung berichten.«

»Sie haben auch voller Entrüstung über den Mord an Anna Politkowskaja in Russland berichtet, oder?«

»Ja, das haben sie getan, Mika.«

»Aber da war es schon zu spät.«

»Für Anna Politkowskaja war es zu spät. Sie war tot. Aber für uns ist es nicht zu spät. Für deine Mutter ist es nicht zu spät. Ich will nicht von einem Vermächtnis reden, das uns Anna Politkowskaja hinterlassen hat, aber das Andenken an sie kann nicht einfach vernichtet werden. Dafür müssten sie uns alle umbringen.«

Sein Vater erhob sich vom Bett und ging zum Telefon. Er rief in der Redaktion an.

»Peter, sie sind gekommen und haben Eva verhaftet«, hörte Mika seinen Vater sagen.

Und dann: »Nein, sie haben sie nicht misshandelt. Sie haben behauptet, dass sie Eva in Schutzhaft nehmen, aber sie sind mitten in der Nacht gewaltsam in unsere Wohnung eingedrungen und haben Eva sogar Handschellen angelegt ...

Keine Ahnung, wer die Entscheidung getroffen hat. Sie haben nur vage Erklärungen abgegeben. Informationen über einen geplanten Mordanschlag auf Eva seien der Staatspolizei zugespielt worden. Wir wissen alle, wer es auf Eva abgesehen hat. Du musst dafür sorgen, dass die Nachricht sofort rausgeht. Die Welt soll wissen, dass hier wieder einmal die fundamentalen Rechte der Menschen mit Füßen getreten werden.«

Sein Vater schwieg. Hörte zu, was Peter zu sagen hatte. Dann meinte er, dass Mika in Ordnung wäre. Und dann: »Ja, ich bin absolut sicher. Wir mussten ja immer damit rechnen, dass das geschehen würde. Mika ist kein Kind mehr, Peter.«

Wenig später legte er auf.

Er ging ins Badezimmer. Mika hörte die Klosettspülung. Dann ging sein Vater in die Küche. Er machte sich einen Kaffee. Schaltete das Radio ein. Machte es wieder aus. Ging ins Arbeitszimmer. Setzte sich in den Drehstuhl, in dem sonst seine Frau saß, wenn sie schrieb. Schaltete den PC ein. Las, was seine Frau noch am Abend, bevor die Bullen kamen, geschrieben hatte.

»Mika, ich vermute, dass sie im PC deiner Mutter drin sind«, hörte ihn Mika sagen. »Und dass unser Telefon und das Telefon in der Redaktion abgehört werden.«

Mika sah keine Veranlassung, seinem Vater zu antworten. Er war sicher, dass sie überall »drin« waren. Im PC, im Telefon, in den Räumen der Redaktion. Überall. Dass sie alle Wege seiner Mutter kannten, sie über ihr Handy orten konnten, wenn sie sich im Geheimen mit Leuten traf. Seine Mutter arbeitete an einem Bericht, der in Fortsetzungen in ihrer Zeitung erschien. Und an einem neuen Buch.

»Die Macht der Polit-Mafia« war der Titel der Artikelreihe. »Globale Verbindungen von Regierungen mit Großkonzernen und dem organisierten Verbrechen« der Untertitel.

Mikas Mutter hatte schon immer die Dinge bei ihrem Namen genannt. Dafür war sie als Journalistin und Autorin im In- und im Ausland bekannt. Für ihren Mut, ihre Integrität und ihren bedingungslosen Kampf mit den Waffen, über die sie verfügte, den Worten, die sie schrieb und sagte.

Eine Gefahr für die, welche die Regeln machten und unantastbar schienen.

Für die korrupten Politiker und für die, von denen sie sich bezahlen ließen. Und für ihre Untergebenen, die Schergen in Uniform und die, die in den Büros saßen und den ganzen Apparat am Laufen hielten.

Mikas Mutter war nie eine ängstliche Frau gewesen.

»Wir können es nicht einfach unseren Politikern überlassen, dieses Land kaputtzumachen«, hatte sie einmal in ihrer Zeitung geschrieben. »Wir haben das Recht und die Pflicht, sie daran zu hindern. Wir haben das Recht, für unsere Freiheiten zu kämpfen, und eine davon, vielleicht die wichtigste, ist die Redefreiheit. Ich werde nicht aufhören zu reden, bis sie mich zum Schweigen gebracht haben.«

Nur einmal, vor etwa einem Monat, hatte Mika sie am Schreibtisch überrascht, als sie ein Foto von Anna Politkowskaja in den Händen hielt. Sie weinte nicht, aber er sah ihr an, wie traurig sie war.

»Mika«, hatte sie gesagt, »dieser Frau hätte nichts passieren dürfen. Sie hatte den Mut einer Löwin und war für uns alle ein großes Vorbild. Wir hofften, dass sie allein imstande wäre, die Menschen wachzurütteln. Man ließ sie nicht gewähren, weil sich die Mächtigen in ihrem Land vor ihr fürchteten.«

Was hätte er ihr antworten sollen? Er wusste es selbst, ahnte, in welcher Gefahr sich seine Mutter hier, in diesem Land, befand.

Er hatte damals ziemlich verstört Julia angerufen und sich mit ihr an der Treppe zur Uferpromenade getroffen.

✪

Sie gingen auch jetzt zusammen den Fußweg am Fluss entlang.

Es war ein kalter Tag. Nebel hing in den kahlen Bäumen, lag über dem Wasser, in dem Eisschollen trieben. Das blasse Gelb vom Rohrschilf war die einzige Farbe. Und der dunkelrote Schal von Julia.

Der Tag war grau.

Die ganze Welt schien grau.

Schien irgendwo die Sonne?

Gab es die Sonne noch? Den Mond? Die Sterne?

»Wir sollten nicht so zaghaft sein«, sagte Julia.

Sie hielten sich an der Hand.

»Was meinst du?«

»Wir sollten wirklich mal abhauen, Mika. Nicht immer nur davon reden und es dann doch nicht tun.«

Sie setzten sich auf eine der Bänke. Hinter ihnen befand sich eine Böschung. Über ihnen die Kronen der Bäume, alle kahl.

»Einfach auf und davon?«, dachte Julia laut nach.

»Wir sollten es im Frühling tun«, sagte er.

»Es ist Frühling«, antwortete sie ihm.

Er legte seinen Kopf an ihre Schulter. Ihr Schal roch nach ihr und der Schal weckte Gefühle, die in ihm geschlummert hatten, seit er auf der Welt war.

»Es ist nicht Frühling, Julia«, sagte er.

»Im März beginnt der Frühling«, widersprach sie ihm.

»Es ist März, aber es ist trotzdem nicht Frühling.«

»Wann ist Frühling, Mika?«

»Frühling ist, wenn die Bäume ausschlagen.«

»Einmal hast du gesagt, Frühling ist, wenn wir uns lieben.«

»Habe ich das wirklich gesagt?«, lachte er.

»Ja, das hast du gesagt.«

»Wann war das?«

»Im Sommer vergangenes Jahr.«

»Und du hast es nicht vergessen.«

»Nein, ich habe es nicht vergessen, Mika. Es fällt mir immer wieder ein, auch wenn es scheint, ich hätte es vergessen. Zum Beispiel jetzt.«

»Du meinst, wir sollten *es* jetzt tun? Hier am Fluss? Auf dieser Bank?«

»Nein. Es ist zu kalt.«

»Siehst du. Das ist, weil es noch nicht Frühling ist.«

»Dann gehen wir, wenn die Bäume ausschlagen, Mika.«

»Wohin?«

»Warum fragst du wohin?«

»Weil ich nicht genau weiß, wohin wir gehen sollen.«

»Einfach weg von hier. Irgendwohin, wo wir glücklich werden können.«

»Wo ist das, Julia?«

»Weiß ich nicht. Ich weiß nur, dass es irgendwo so ist.«

»Irgendwo?«

Sie nickte. »Irgendwo, Mika. Irgendwo. Wir haben beide

davon geträumt. Dein Traum war wie mein Traum. Wir waren dort und wir waren glücklich.«

»Und was schließt du daraus? Dass es diesen Ort wirklich geben muss, nur weil wir beide im Traum dort waren? Etwa so was wie ein Paradies auf dieser Welt?«

»Ich denke, dass es das wirklich gibt.«

»Im Traum oder in der Wirklichkeit?«

»Mika, ich habe dir schon gesagt, dass ich keine Ahnung habe. Aber wenn wir nicht anfangen, danach zu suchen, werden wir es ganz bestimmt nicht finden.«

»Wenn es ein Paradies gibt auf dieser Welt, dann muss es ein verstecktes Paradies sein, ein weißer Fleck auf der Weltkarte, und es gibt keinen einzigen Menschen dort.«

Julia legte einen Arm um seine Schulter. Es wehte kein Wind mehr. Irgendwo begann eine Krähe zu krächzen. Weit im Westen, jenseits der flachen Hügelzüge, tat sich in der Wolkendecke ein glitzerndes Band auf.

»Vielleicht ist es kein weißer Fleck, Mika, vielleicht ist es was ganz anderes.«

»Was sonst?«

»Irgendwas anderes. Etwas, das wir noch nicht entdeckt haben. Etwas, das wir irgendwo tun werden.«

»Die Wale retten«, sagte Mika und den leisen Spott in seiner Stimme konnte Julia nicht überhören. »Für eine bessere Welt kämpfen«, fuhr er fort. »Eine Ölpest aufhalten? Gegen Korruption kämpfen, wie das meine Mutter tut und wie es Anna Politkowskaja getan hat?«

»Es muss mutige Menschen wie deine Mutter geben.«

»Mutige Menschen mit edlen Absichten. Weißt du was, Julia, manchmal wünsche ich mir, ich hätte eine ganz normale Mutter, die sich am Abend aufs Sofa setzt und den Fernseher einschaltet und zuschaut, wie ein Schlagerstar in einem Dschungelcamp Würmer frisst.«

»Du bist sehr sarkastisch, Mika.«

»Volksverdummung macht doch Sinn! Sie sorgt dafür, dass niemand aufmuckt, weil niemand mehr aufmucken kann, da alle zu blöd sind aufzumucken.«

»Willst du eine blöde Mutter?«

»Meine Mutter ist, wie sie ist. Niemand hat mich gefragt, ob ich diese oder lieber eine andere Mutter haben will. Ich will nur keine tote Mutter, Julia.«

Sie schwiegen jetzt beide.

»Was denkst du?«, fragte Mika leise.

»Ich denke an deine Mutter, Mika. Und dass sie nicht tot ist. Ich denke, dass man sich hüten wird, ihr etwas anzutun.«

Julias Worte beruhigten Mikas innere Aufgewühltheit kaum. Er fragte sich, was er tun würde, wenn seine Mutter nicht mehr nach Hause käme. Er glaubte nicht, dass er hierbleiben wollte. Der Schmerz würde zu groß sein. Seine Gedanken trugen ihn zurück in den Traum, in dem er zusammen mit Julia eine Straße entlangging.

Eine Straße durch einen Traum. Oder vielleicht doch durch eine Wirklichkeit, die er noch nicht kannte. Eine Straße ohne Anfang und ohne Ende. Der einzige Trost war, dass er nicht allein war. Und die Hoffnung? Die Hoffnung war, dass die Straße doch irgendeinmal irgendwo enden würde. An einem guten Ort.

»Weißt du, wie die Südspitze Afrikas heißt, Julia?«, fragte er.

Julia wunderte sich über die plötzliche Fröhlichkeit in seiner Stimme. »Kap der Guten Hoffnung«, sagte sie.

»Dort hört sie auf«, sagte er.

»Wer hört dort auf?«

»Unsere Straße.«

»Die Straße in unserem Traum?«

»Ja.«

»Vielleicht fängt sie dort an, Mika.«

Jetzt dachten sie beide an ihren Traum. An die Straße. An Landschaften, die in ihrer Fantasie entstanden waren. An rissigen Asphalt unter ihren Füßen. An ein goldenes Meer von Steppengras, über das der Wind hinwegstrich wie die unsichtbare Hand eines Schöpfers, der dies alles erschaffen hatte. An eine dunkle Stadt, in der ihre Bewohner nicht zu atmen wagten. An eine andere Stadt, in der die Menschen ihr Leben mit einem Feuerwerk feierten. An Tausende von Menschen auf einem Platz, viele von ihnen mit blutverschmierten Gesichtern. An ein Baby, das Julia im Arm trug, als wäre es ihres. An einen kleinen Jungen, mit einem Gewehr in den Händen und Tränen in den Augen.

»Mika.«

»Ja.«

«Ich muss nach Hause.«

»Jetzt schon?«

»Du weißt, dass mein Vater großen Wert darauf legt, dass die ganze Familie am Abend am Tisch sitzt.« Julia lachte. »Und nach dem Essen schaltet er den Fernseher ein.«

Mika nahm den Kopf von ihrer Schulter. Er versuchte sich an ein gemeinsames Abendessen mit seinem Vater und seiner Mutter zu erinnern. Eines kam ihm in den Sinn, aber das war schon lange her.

✪

Die offizielle Version in der regierungstreuen Tageszeitung war, dass Mikas Mutter von der Staatspolizei in Schutzhaft genommen worden war.

Es gäbe sichere Hinweise dafür, dass ausländische Killer nach ihrem Leben trachteten, nachdem sie in einem Fernseh-Interview über ihr neues Buch gesprochen hatte.

»Wie alles, was in dieser Zeitung steht, ist auch das eine infame Lüge«, sagte Mikas Vater beherrscht. »Eine selbstdienliche Verzerrung der Tatsachen.«

Mika biss ein Stück von seinem Marmeladebrot. Er hatte

keinen Hunger. Eigentlich erwartete er einen Anruf von seiner Mutter. Es war nicht das erste Mal, dass man sie verhaftet hatte. Meistens erlaubte man es ihr, ihre Familie anzurufen. Ihren Anwalt. Die Redaktion ihrer Zeitung.

»Was glaubst du, was geschehen wird, Papa?«

»Ich kann es dir nicht sagen, Mika. Ich muss zuerst mit Peter reden. Und mit anderen Freunden und Mitstreitern deiner Mutter.«

»Man wird versuchen, sie unter Druck zu setzen, das Buch nicht zu schreiben.«

»Das werden sie versuchen, obwohl sie wissen, dass deine Mutter sich nicht davon abbringen lässt.«

»Dann werden sie sie umbringen müssen.«

Das Telefon klingelte. Mikas Vater stand auf und hob ab.

»Peter? Was ist geschehen?« Mikas Vater drückte auf den Knopf, sodass Mika mithören konnte.

»Dieses Mal mache ich mir große Sorgen um Eva«, sagte Peter.

»Warum? Was ist dieses Mal anders als zuvor?«

»Alles ist anders. Es war zu erwarten, dass sie behaupten würden, Eva sei zu ihrem eigenen Schutz verhaftet worden weil ausländische Killer sie mundtot machen wollten. Aber wie sie das sagen! Mit diesem eiskalten Unterton, der uns zeigen soll, dass sie sich einen Scheiß darum kümmern, was wir denken. Einen Scheiß! Egal was wir denken oder tun. Egal was in unserer Zeitung geschrieben wird. Das sieht mir alles nach einem abgekarteten Spiel aus, verstehst du? Sie erfinden eine Story, lassen Eva nach einigen Tagen frei und in den folgenden Wochen wird ein Anschlag auf sie verübt. Dann heißt es, seht ihr, die Killer des organisierten Verbrechens haben wieder einmal gnadenlos zugeschlagen und eine unserer besten Journalistinnen getötet.«

»Was können wir tun?«

»Nicht viel. Wir können Eva überallhin begleiten. Das können wir tun. Sie kann auch die ganze Zeit in eurer Wohnung bleiben, sich in den eigenen vier Wänden verschanzen. Aber wird sie das tun? Du kennst deine Frau. Sie wird weitermachen wie bisher. Sie wird sich öffentlich zeigen. Niemand wird ihr den Mund verbieten können.«

»Was können wir tun?«, fragte Mikas Vater noch einmal. »Nichts wird sie von ihrem Vorhaben abbringen, selbst wenn du in eurer Zeitung berichtest, was tatsächlich geschieht. Wir sind ziemlich hilflos, Peter. Ziemlich hilflos.«

»Der Bericht ist schon geschrieben und die Zeitung bereits gedruckt. Wir haben die ganze Nacht gearbeitet. Du findest den Bericht auch im Internet. Er geht um die Welt, aber ich erhoffe mir auch wenig davon. Für die Leute in anderen Ländern ist das, was hier geschieht, weit weg. Zu weit weg, als dass sie sich dadurch betroffen fühlen könnten. Vielleicht denkt der eine oder der andere, dass wir hier in einem ganz besonderen Scheißland leben, aber alle wissen, dass es anderswo auch passiert. Ein paar Zeitungen werden den Bericht aufnehmen und über Eva schreiben. Über ihren Mut und ihr Engagement. Man wird auch in den Fernsehnachrichten über die Verhaftung berichten. Und man wird die Statistiken hervorkramen und eine Namensliste jener Journalisten und Journalistinnen veröffentlichen, die in den vergangenen Monaten weltweit ermordet worden sind. Aber es wird nicht wirklich was geschehen. Niemand wird wirklich aufgerüttelt. Selbst wenn Eva einem Anschlag zum Opfer fiele, wäre das eine Sache, die schnell wieder vergessen wird. Augen zu. Ohren zu. Mund halten.«

»Du hast wahrscheinlich recht, Peter.«

»Aber die Menschen träumen davon, dass es bald einmal besser wird.«

✪

Sie lagen nebeneinander im Gras. Die Halme um sie herum ragten in den Himmel, bogen sich im Wind.

Schönwetterwolken zogen nordostwärts.

»Wo sind wir hier?«, fragte Julia.

»Keine Ahnung.«

»Wir müssen sehr weit weg sein von zu Hause.«

»Wir sind weit weg von allem.«

»Dann sind wir weit gegangen. Bist du nicht müde?

»Nein.«

»Worüber denkst du nach?«

Mika schwieg.

»Denkst du an deine Mutter?«

Er sah seine Mutter. Jemand öffnete ihr die Tür des Gefängnisses. Sie trat ins Sonnenlicht und blieb stehen. Sie schaute sich nach ihrem Mann um, aber sie konnte ihn nicht sehen, weil sie keine Augen mehr hatte.

Ihre dunklen Augenhöhlen waren leer.

Mikas Vater hatte sein Auto auf der anderen Straßenseite geparkt. Jetzt stieg er aus und ging auf sie zu.

Mitten auf der Straße nahm er sie in die Arme.

»Julia, ich habe geträumt, man hätte Mutter freigelassen, und als sie aus dem Gefängnis kam, konnte sie meinen Vater nicht sehen, weil sie keine Augen mehr hatte.«

»Was meinst du damit, keine Augen?«

»Ihre Augenhöhlen waren leer. Mein Vater ging zu ihr und nahm sie in die Arme.«

»Das hast du gesehen?«

»Im Traum.«

»Wo bist du, Mika?«

»Zu Hause.«

»Kann ich zu dir kommen?«

»Wenn du willst. Aber es ist noch nicht mal sechs Uhr morgens, Julia.«

»Ich würde gerne kommen. Neben dir im Bett liegen. Die Zimmerdecke anstarren. Darauf warten, dass die Sonne aufgeht und durch die Jalousien ins Zimmer scheint.«

»Gut. Mein Vater ist nicht da. Ich mach dir unten auf. Aber denk daran, ich muss um acht in der Arbeit sein, sonst verliere ich meinen Ferienjob.«

»Ich auch.«

Eine Viertelstunde später lag sie neben ihm im Bett. Sie umarmten sich. Küssten einander.

Die Sonne ging auf. Warf schmale rotgoldene Streifen übers Bett und an die Wand.

»Wir waren in einem anderen Land, Julia«, sagte Mika leise.

»In deinem Traum?«

»Es war ein Traum, aber es hätte die Wirklichkeit sein können.«

»Weißt du, wo wir waren?«

»Nein. Ich weiß nur, dass wir weit weg waren von allem.«

»Weit weg von allem?«

»Sehr weit weg von allem.«

»Waren wir glücklich?«

»Ich denke schon. Ich weiß es nicht, ob wir glücklich waren. Aber ich denke, wir waren glücklich. Wir lagen nur da und über uns zogen weiße Wolken dahin.«

»Was geschah dann?«

»Du hast mich gefragt, ob ich an Mutter denke.«

»Hast du an sie gedacht?«

»Nein. Nachdem du gefragt hast, sah ich sie durch das Tor des Gefängnisses kommen. Und mein Vater ging ihr mit offenen Armen entgegen. Aber meine Mutter konnte ihn nicht sehen.«

»Das ist wirklich ein schrecklicher Traum. Mika. Das kann

niemals die Wirklichkeit sein. Weißt du schon, wann deine Mutter entlassen wird?«

»Morgen.«

»Seit wann weißt du das?«

»Sie haben es meinem Vater gesagt. Gestern Abend.«

»Ihre Zeitung hat viel über den Vorfall geschrieben.«

»Nicht nur ihre. Überall auf der Welt haben die Zeitungen über sie geschrieben. Über ihren Mut und dass sie nicht aufhören wird, die dunklen Machenschaften der Regierungen aufzudecken.«

»Wird man sie umbringen?«

»Ich befürchte. Ich denke, sie wollen sie zum Schweigen bringen.«

»Ich habe meinem Vater gesagt, dass ich abhaue, wenn deiner Mutter etwas zustößt.«

»Was hat er darauf gesagt?«

»Er hat mich ausgelacht.«

»Ausgelacht?«

»Ja. Er hat gelacht und gesagt, mein Kopf sei voll mit infantilem Mist, und dass ich zu blöd bin, ohne ihn auf dieser Welt zu überleben, nicht mal mit dem Geld, das ich durch den Job verdient habe.«

»Und was hast du ihm darauf geantwortet?«

»Dass er schon noch sehen wird, wie weit ich ohne ihn komme. Da wollte er mir eine knallen. Hatte schon die Hand oben, aber im letzten Moment hat er sich beherrschen können.«

»Hat er dich schon einmal geschlagen?«

»Nein. Aber dieses Mal war er nahe dran. Weil er weiß, dass ich anders denke als er. Ich glaube, er hat eingesehen, dass ich mit siebzehn Jahren nicht mehr seine folgsame Tochter sein kann. Das macht ihm zu schaffen. Die Furcht, mich verloren zu haben, die kann er einfach nicht ertragen. Also versucht er, mir vor der Welt da draußen Angst zu machen.

Die Welt da draußen sei eine bösartige Welt, voller bösartiger Menschen, und ich würde schon bald reumütig zurückkehren, nur, dann sei die Tür vielleicht zugesperrt. Und zwar für immer.«

»Und was hat deine Mutter dazu gesagt?«

»Sie hat ihn nur ungläubig angesehen. Und dann mich. Schließlich ist sie aufgestanden und in die Küche gegangen. Und als ich sie später sah, hatte sie gerötete Augen. ›Hast du geweint?‹, fragte ich sie. Sie schüttelte den Kopf und ging zum Einkaufen, aber ich wusste, dass sie geweint hatte.«

Mika hob den Oberkörper etwas an, beugte sich über sie und küsste sie.

»Dein Vater ist ein Staatsangestellter. Er kann nicht anders, als sich und dir und allen vorzumachen, wie sehr er der Regierung vertraut.«

»Ich weiß. Ich soll dankbar sein, in diesem Land leben zu dürfen. Die Lehrstelle hätte ich nur durch ihn bekommen. Weil er Leute kennt, die ihn und seine Arbeit schätzen. Ich bin sicher, dass er einer von denen ist, die sich für Freundschaftsdienste unter der Hand bezahlen lassen.«

»Julia, wir sind beide keine Kinder mehr. Wenn wir weggehen, kehren wir nie mehr hierher zurück.«

»Vielleicht später einmal, wenn es besser geworden ist. Aber nur, wenn meine Mutter dann noch lebt.«

Julia erwiderte seinen Kuss. »Und deine auch, Mika.«

✪

Einen Tag später wurde Mikas Mutter aus dem Staatsgefängnis und aus der Schutzhaft entlassen.

Man hatte ihr empfohlen, nach Hause zu gehen und die Wohnung einige Wochen nicht mehr zu verlassen. Es wurde ihr auch unmissverständlich nahegelegt, in ihrer Zeitung einen gemäßigteren Ton anzuschlagen, und sich durch diesen Schritt internationalen Verbrechen als Zielscheibe zu entziehen.

Am nächsten Tag erschien ein Editorial in ihrer Zeitung, in dem sie schrieb, dass sie nicht die Zielscheibe des internationalen Verbrechens sei, sondern die Zielscheibe der eigenen Regierung.

Sie schrieb auch, sie rechne damit, dass jederzeit ein Anschlag auf ihr Leben ausgeführt werden könne, der dann irgendwelchen fiktiven Verbrechern in die Schuhe geschoben würde. Noch mehr als um ihr eigenes Leben fürchte sie um das Wohl ihrer Familie.

An einem der folgenden Abende, als sie wieder einmal gemeinsam am Esstisch saßen, ermahnte sie Mika eindringlich, die Augen offen zu halten, wenn er alleine in der Stadt war.

»Um mich brauchst du keine Angst zu haben«, entgegnete ihr Mika. »Sie wollen nicht mich, sondern dich zum Schweigen bringen.«

Es war das letzte Abendessen, das sie gemeinsam aßen. In dieser Nacht hörte Mika seine Mutter und seinen Vater lange miteinander reden. Einmal klingelte das Telefon. Irgendwann nach Mitternacht machte seine Mutter Mikas Zimmertür noch einmal auf. Er saß vor dem Laptop.

»Mika, ich habe dich lieb«, flüsterte sie.

Er blickte zur Tür hinüber.

»Jetzt und für immer«, sagte sie lächelnd.

»Ich dich auch«, sagte Mika. »Warum bleibst du nicht ein paar Tage zu Hause? Bald sind meine Ferien zu Ende und ich gehe wieder an die Uni zurück.«

»Das kann ich nicht. Sie müssen sehen, dass ich mich von ihnen nicht einschüchtern lasse.«

Mika sagte darauf nichts mehr. Sie kam zu ihm, küsste ihn auf den Hinterkopf und verließ sein Zimmer.

Mika schlief schlecht in dieser Nacht. Erwachte aus einem

Albtraum. Wusste im ersten Moment nicht, ob er tatsächlich nur geträumt hatte.

Ein paar Tage später fiel seine Mutter auf der Treppe zur U-Bahn-Station einem Anschlag zum Opfer.

Ein einzelner Schuss fiel.

Die Tageszeitung schrieb:

»Heute Morgen, auf dem Weg in die Redaktion ihrer Zeitung, fiel die berühmte Journalistin und Autorin mehrerer Bücher, Eva S., einem Mordanschlag zum Opfer. Sie befand sich auf der Treppe zur U-Bahn-Station Westbahnhof, als ein vorbeigehender Mann ihr aus nächster Nähe eine Kugel in den Kopf schoss. Eva S. brach zusammen und wurde vom Rettungsdienst sofort in die Universitätsklinik gefahren, wo die Notfallärzte nur noch ihren Tod feststellen konnten. Vom Täter, der in der Menschenmenge untertauchte, fehlt bis jetzt jede Spur.«

Der Sprecher der Staatspolizei versicherte den Reportern der in- und ausländischen Presse, die Regierung würde alles daransetzen, diesen heimtückischen Mord schnell aufzuklären. »Der Tat verdächtigt wird ein ausländischer Auftragsmörder. Um eine rasche Aufklärung nicht zu gefährden, müssen wir von weiteren Informationen Abstand nehmen. Aber der Präsident wird heute bei einer außerordentlichen Pressekonferenz klarmachen, dass er sich höchstpersönlich dafür einsetzen wird, den Mörder und seine Auftraggeber ihrer gerechten Strafe zuzuführen.«

Hunderte von Leuten, einige aus umliegenden Ortschaften, pilgerten im Laufe des Morgens zur U-Bahn-Station, wo sie am Geländer Blumen hinlegten und Karten mit Evas Namen drauf. Auf einer der Karten stand: »Alle wissen, wer dich umgebracht hat, Eva!«

Auf einer anderen stand: »Liebe Eva, du hast dein Blut nicht umsonst vergossen.«

Die Karten wurden später von einem Beamten der Staatssicherheit entfernt.

Kurze Zeit später wurde eine Frau verhaftet, die an der obersten Treppenstufe stand und den Leuten, die herkamen, um Eva ihre Ehre zu erweisen, zurief, die Auftraggeber für diesen Meuchelmord säßen im Parlament.

Eine Gruppe von fast hundert Männern und Frauen, einige mit ihren Kindern an der Hand, marschierten durch die Straßen zum Parlamentsgebäude. Dort wurden sie von einer Hundertschaft von Polizisten empfangen und mit Gummigeschossen und Knüppelschlägen vertrieben.

Die Pressekonferenz fand zu Mittag statt und wurde von allen Fernsehkanälen live übertragen. Der Präsident, mit einem schwarzen Band am Revers seines Jacketts, brach beinahe in Tränen aus, als er über die Verdienste von Eva sprach, über ihre Integrität und ihren Kampfgeist.

»Unser Land hat eine große Kämpferin verloren. Eine Kämpferin für mehr Gerechtigkeit. Eine Kämpferin, die für die Rechte des Volkes mehr als einmal ihr eigenes Leben in die Waagschale geworfen hat, um aus unserem Land ein noch besseres Land zu machen. Ihr Vermächtnis werden wir uns alle zu Herzen nehmen müssen. Eva wird in unseren Herzen weiterleben und ihr Geist wird uns immer dazu anspornen, nach Gerechtigkeit zu streben.«

Mikas Vater saß mit versteinertem Gesicht vor dem Fernseher.

Die wahren Mörder würden niemals zur Rechenschaft gezogen werden können. Sie gehörten zu den Unberührbaren dieser Welt. Jenen, die für ihre Taten niemals geradestehen mussten, weil sie zu den Mächtigsten der Mächtigen gehörten, zu den Skrupellosesten der Skrupellosen und zu den Korruptesten der Korrupten.

Die Bestürzung über den kaltblütigen Mord war überall auf der Welt groß. Man forderte die Regierung auf, schnell zu handeln. Mehr als Lippenbekenntnisse waren es aber nicht. Eva würde bald untergehen in den Fluten schlechter Nachrichten.

Mika lief drei Tage und Nächte durch die Stadt. Kreuz und quer. Er schlief im Freien. Rief nicht einmal Julia an.

Am Abend des dritten Tages kehrte er nach Hause zurück.

Sein Vater saß mit Peter und zwei anderen Männern, die auch als Redakteure bei Evas Zeitung arbeiteten, im Wohnzimmer. Sie rauchten Zigaretten und tranken Bier. Als Mika hereinkam, erhob sich sein Vater und kam Mika entgegen.

»Mika, wir machen weiter«, sagte er.

»Ich nicht«, antwortete Mika.

»Sie werden uns alle umbringen müssen, um uns aufzuhalten«, sagte Peter.

»Das werden sie tun«, sagte Mika.

Er ging in sein Zimmer, legte sich aufs Bett.

Dann rief er Julia an.

»Wo warst du die ganze Zeit?«

»Ich bin durch die Stadt gelaufen.«

»Warum hast du nicht angerufen?«

»Ich bin durch die Stadt gelaufen.«

»Es tut mir sehr leid, Mika. Sehr, sehr leid.«

»Ja. Weißt du, wo ich eine Pistole herkriegen könnte? Oder einen Revolver.«

»Wozu brauchst du eine Pistole?«

»Ich werde den Mann töten.«

»Welchen Mann?«

»Der, der mit den Bullen in die Wohnung kam und meine Mutter verhaftete.«

»Mika! Mika, das wirst du nicht tun.«

»Wahrscheinlich nicht.«

»Dann sag so was nicht. Wo bist du jetzt?«

»Zu Hause.«

»Allein?«

»Nein, im Wohnzimmer sitzen sie alle. Vater und Peter und die anderen von der Redaktion.«

»Was machen sie?«

»Sie rauchen und trinken Bier.«

»Im Ernst, Mika. Was machen sie?«

»Sie wollen weiterkämpfen, bis die Wahrheit ans Tageslicht kommt.«

»Welche Wahrheit?«

»Wer tatsächlich für den Tod meiner Mutter verantwortlich ist.«

»Das wird nie ans Tageslicht kommen.«

»Ich habe nur gesagt, dass sie weiterkämpfen werden. Auch ohne meine Mutter.«

»Und du?«

»Ich gehe weg.«

»Vergiss nicht, was wir uns versprochen haben.«

»Dass wir zusammen weggehen.«

»Das haben wir uns versprochen. Also gehen wir zusammen, Mika.«

»Gut. Wir bleiben bis zur Beerdigung. Dann gehen wir.«

»Sagst du es deinem Vater?«

»Ja. Ich habe mit ihm und mit Mutter schon einmal darüber gesprochen. Sie sagten damals, dass sie mich in meinem Vorhaben unterstützen werden. Und dass es gut für mich wäre, die Welt kennenzulernen. Für die Uni sei später noch viel Zeit.«

»Ich wünschte, mein Vater würde mich auch einfach gehen lassen.«

»Du musst es deiner Mutter sagen, Julia.«

»Was denn? Dass wir beide schon die ganze Zeit von einem besseren Ort geträumt haben?«

»Sag ihr, dass es ihn gibt, Julia. Und dass wir ihn finden werden. Wir werden alles tun, um diesen Ort zu finden.«

»Gut, das sage ich meiner Mutter. Sie wird das zwar nicht verstehen, aber ich sage es ihr trotzdem.«

»Sie wird es verstehen. Deine Mutter versteht mehr, als du denkst.«

»Wahrscheinlich hast du recht. Ich konnte ihr immer

vertrauen. Ich werde ihr sagen, dass diese Welt gar nicht so schlecht sein kann, wie das mein Vater behauptet. Und ich sage ihr, dass sie sich keine Sorgen um mich zu machen braucht, weil ich mit dir zusammen nie allein sein werde.«

»Genau. Du hast mich und ich habe dich.«

»Das klingt ziemlich daneben, Mika. Wie in einem schlechten Film.«

»Aber es ist wahr.«

»Und wir werden zusammenbleiben, egal wohin wir gehen?«

»Egal wohin wir gehen.«

»Egal wem wir begegnen?«

»Egal wem wir begegnen.«

»Durchs Feuer.«

»Durchs Feuer auch.«

»Und wenn es schwierig wird?«

»Wenn was schwierig wird?«

»Alles. Das Zusammenbleiben zum Beispiel.«

»Dann bleiben wir trotzdem zusammen.«

»Mika.«

»Ja.«

»Ich glaube, ich liebe dich wirklich.«

»Weißt du es oder glaubst du es nur?«

»Ich weiß es.«

»Gut. Ich liebe dich nämlich auch, und zwar sehr.«

»Wie sehr?«

»So sehr, dass ich ohne dich nicht leben möchte.«

Wo genau sie sich befanden, wussten sie nicht.

Fast drei Wochen waren sie zu Fuß, dann in einem Langstreckenbus und mit der Eisenbahn, danach mehrere Tage mit Fernlastern unterwegs gewesen.

An den Grenzen verschiedener Länder hatten sie sich zwischen Kartons und Kisten versteckt, obwohl sie ihre Pässe dabeihatten, aber der Lastwagenfahrer hatte sie davor gewarnt, sich unnötig der Willkür unberechenbarer Grenzbeamten auszusetzen.

Einmal durchsuchten Zollfahnder die Ladung. Sie durchstöberten alles, aber sie entdeckten Julia und Mika nicht, die sich hinter einigen Kisten so klein gemacht hatten, dass sie kaum mehr richtig atmen konnten.

Der Fahrer, mit dem sie seit drei Tagen unterwegs waren, hielt den Laster mitten in der Nacht an und ließ sie aussteigen und sich die Beine vertreten.

Er gab ihnen von einem Brot und von einem geräucherten Fisch zu essen. In der Ferne, über dunklen Hügeln, zuckten Blitze.

»Wetterleuchten«, sagte Julia. »Manchmal gibt es das auch dort, wo wir herkommen.«

Der Fahrer lachte. Er war ein Klotz von einem Mann mit einer tiefen Stimme. Wenn er lachte, wackelte sein Bauch.

»Das ist kein Wetterleuchten«, sagte er lachend. »Dort drüben ist Krieg.«

»Krieg?«

»Schon seit Jahren. In den Bergen wimmelt es von Unzufriedenen. Man nennt sie Aufständische. Rebellen. Viele nennen sie auch Terroristen. Andere nennen sie Freiheitskämpfer.«

»Führt diese Straße dorthin?«

»Ja. Quer durch die Hügel zur Stadt an der Küste.«

»Wie weit ist es?«

»Für eine Krähe nicht weit.«

»Und für uns?«

»Wenn wir die ganze Nacht fahren, sind wir am Morgen in der Stadt.«

»Werden wir durchkommen?«

»Bis jetzt bin ich immer durchgekommen.«

»Aber einmal kommen Sie vielleicht nicht durch.«

»Das mag sein, Mädchen. Aber ich mach mir nicht in die Hose. Die Leute, die dort kämpfen, kennen mich. Ich bringe ihnen immer etwas mit. Etwas zu essen. Zigaretten. Etwas für ihre Kinder.« Der Mann öffnete einen der Metallkästen zwischen den Rädern und entnahm ihm einen kleinen Gaskocher und eine Kanne.

Zwischen einigen Felsbrocken setzten sie sich auf Steine und der Fahrer goss Wasser in die Kanne, zündete den Gaskocher an und setzte das Wasser auf.

»Wofür kämpfen die Leute?«

»Sie wollen ihr eigenes Land. Sie haben ihre eigene Sprache und ihre eigene Kultur, aber sie haben kein Land.«

»Warum nicht?«

»Weil andere ihr Land unter sich aufgeteilt haben. Und an ihre Länder angegliedert haben. Es ist ein strategisch wichtiges Gebiet. Die einzige Durchgangstraße führt quer hindurch.«

Das Wasser kochte. Der Mann tat getrocknete Pfefferminzblätter in die Kanne und nahm sie vom Gaskocher. Er drehte die Flamme aus und holte drei Tassen aus dem Metallkasten am Laster. Im Osten stieg der Widerschein eines Feuers zum Sternenhimmel, glühende Feuerbälle, die nach kurzer Zeit in schwarzen Rauchwolken verschwanden.

»Sieht aus, als hätten sie ein Benzinlager angezündet«, sagte der Fahrer.

»Wer? Ihre Freunde?«

»Einige von ihnen sind vielleicht meine Freunde. Andere nicht.«

»Gegen wen kämpfen sie?«

»Soldaten aus anderen Ländern, die hier nichts verloren haben.«

»Sie wollen vielleicht den Menschen helfen, ein besseres Leben zu erlangen.«

»Indem sie herkommen und alles in Schutt und Asche legen?« Der Mann tat eine Handvoll Zucker in seine Tasse und goss Tee hinein. Er reichte Julia den Zucker.

»Du musst ihn süß trinken«, sagte er. »Zuckersüß. Er wird dich wach halten auf der Straße durchs Gebirge. Wir werden alle drei die Augen offen halten müssen. Manchmal legen sie einen Hinterhalt, wo es besonders steil ist, oder oben auf dem Pass.«

»Warum sind denn überhaupt Soldaten aus anderen Ländern hier?«

»Weil sie dafür sorgen müssen, dass ihre Länder sich an den Bodenschätzen dieses Gebietes bereichern können.«

»Was gibt es hier?«, wollte Julia wissen. »Erdöl?«

»Gold. Silber. Uran.«

»Vielleicht wollen andere Länder nur, dass hier Friede herrscht«, wandte Julia ein.

»Es gibt doch auch Länder auf der Welt, wo Aufständische kämpfen, ohne dass sich fremde Regierungen einmischen.«

»Weil es in diesen Ländern nichts zu holen gibt«, sagte Mika.

»Du bist ein schlauer Junge«, schmunzelte der Lastwagenfahrer. Er blickte in die Ferne. »Der Krieg hier ist so alt wie dieses Land, das kein selbstständiges Land ist. Die Soldaten werden dieses Land wieder verlassen, aber dann ist der Krieg noch lange nicht zu Ende. Und es werden andere Soldaten aus anderen Ländern herkommen und so wird der Krieg weitergehen, vielleicht für immer.«

»Nichts dauert für immer«, entgegnete Mika dem Fahrer.

»Für immer heißt für mich mein Leben lang, Junge. Wenn du mal tot bist, ist für dich alles vorbei.«

»Wenn dort deine Freunde kämpfen, haben wir wohl nichts zu befürchten«, sagte Julia.

»Ich habe es euch vorhin schon gesagt. Sie sind nicht alle meine Freunde. Mein Cousin, der viele Freunde unter ihnen hatte, geriet vor zwei Monaten in einen Hinterhalt. Ich weiß nicht, was genau passiert ist, aber sie zündeten seinen Laster an. Man fand seine verkohlte Leiche hinterm Steuerrad. Jemand hatte ihm in den Kopf geschossen.«

»Aufständische?«

»Kann sein. Kann aber auch sein, dass es Soldaten waren. Man kann nie wissen, wer was tut. Es passieren Massaker, die werden von den einen den anderen in die Schuhe geschoben. Und es passieren sogar Selbstmordanschläge, von denen man nicht weiß, wer die Familien der Selbstmordattentäter bezahlt hat. Es gibt genug Verzweifelte in diesem Land.«

Sie tranken Tee, so süß, dass er wie Pfefferminzsirup schmeckte und die Zunge und den Gaumen klebrig machte.

Der Mond ging auf. In einigen Tagen würde es Vollmond sein. Das blasse Licht legte sich wie ein Leichentuch über diese gebirgige Einöde. Dunkle Schatten krochen aus den schmalen Tälern.

Der Fahrer packte sein Zeug zusammen und verstaute alles im Metallkasten. Dann rauchte er eine Zigarette und lehnte sich dabei gegen seinen Laster. In der Kabine rauchte er nicht. Wahrscheinlich aus Rücksicht.

Sein Laster war alt, aber er hatte ihn mit einer Reihe von bunten Lichtern versehen, sodass er in der Nacht strahlte wie ein Weihnachtsbaum. Sogar in der Kabine hingen kleine Lämpchen.

Nachdem der Fahrer die Zigarette geraucht hatte, stiegen sie ein und fuhren weiter. Die Straße wand sich durch Schluchten und in Kehren an steilen Felswänden entlang. Um Mitternacht erreichten sie den Pass, der durch eine felsige Mondlandschaft führte.

Hier stand ein zerbombtes Haus, das einmal eine Herberge gewesen war. Unweit davon die Überreste eines Panzerwracks, das ausgebrannt war. Das Geschützrohr hing vom Turm und berührte mit der Mündung den Boden. Jemand hatte die Ketten und die Räder abmontiert.

Eine kleine Steinhütte stand auf der anderen Straßenseite. Sie hatte eine schmale Türöffnung und ein winziges, schießschartenartiges Fenster.

Der Fahrer drosselte den Motor, fuhr in einem niedrigen Gang ganz langsam an der kleinen Steinhütte vorbei.

Es fiel Mika und Julia auf, dass er mit einer Hand hinter die Rücklehne des Fahrersitzes langte. Dort hatte er eine kleine Maschinenpistole versteckt, geladen und immer griffbereit, wenn er durch diese Berge fuhr.

»Mitternacht«, sagte er. »Die Geister sind unterwegs.«

Julia fror, obwohl sie sich in eine Decke gehüllt hatte.

»Du zitterst«, sagte Mika leise. »Hast du Angst?«

»Ich friere«, antwortete sie. »Und ich habe Angst.«

Als sie den Pass überquert hatten, hielt der Fahrer an und stieg aus.

Er pinkelte auf dem Trittbrett stehend in den Straßengraben.

Der Feuerschein im Westen schien jetzt schon ziemlich nahe. Da der Fahrer die Tür offen gelassen hatte, hörten sie schwach die Detonationen. Es klang nicht wie Donner. Es klang wie Krieg und sie erkannten es, obwohl sie Krieg zuvor noch nie gehört hatten.

Der Fahrer sprang vom Trittbrett und ging zur Straßenmitte. Dort blieb er breitbeinig stehen, zündete eine Zigarette an und rauchte, während er die Straße entlangblickte, soweit es die Nacht ihm erlaubte.

Die Straße war nicht asphaltiert, der Schieferschotter durchgewühlt von den Ketten der Panzer und von den Stollenreifen der Militärlaster.

»Wir hätten uns vielleicht besser anderen Lastern anschließen sollen«, sagte Mika.

Der Fahrer hustete. »Da hätten wir lange warten können. Es fahren nur noch wenige Laster. Viel von dem Zeug, das die Armee braucht, wird mit Hubschraubern eingeflogen. Hin und wieder fährt ein Armeetransport über den Pass, aber für mich ist das zu unsicher. Wenn er angegriffen wird, bist du mittendrin.«

Der Fahrer warf den Zigarettenstummel auf den Boden und zertrat ihn mit der Gummisohle seines Schuhs. Dann stieg er ein.

Sie fuhren über ein winddurchfegtes Hochplateau und dann talwärts durch eine Schlucht. Der Fahrer beugte sich weit über das Steuerrad nach vorn, als ob er dadurch eine Gefahr früher erkennen könnte. Die Straße war an einigen Stellen so schmal, dass er in den Kurven auf der rechten Seite beinahe über den Straßenrand ragte. Mika schaute einmal aus dem Seitenfenster. Da war nichts mehr unter ihm und nichts über ihm.

Julia und Mika hielten sich an der Hand. Mika dachte an seine Mutter. Er versuchte an etwas anderes zu denken, aber das gelang ihm nicht. Er erinnerte sich an Kleinigkeiten. Als sie miteinander Federball gespielt hatten und der Federball im Netz hängen blieb wie ein gefiederter Fisch. Als sie ihm einmal beim Fußballspiel zuschaute und ihn nach dem Spiel zu trösten versuchte, weil er ein Eigentor geschossen hatte. Als sie mit ihm zusammen ein Buch las, das von einem Kinderdetektiv handelte, der mit seinem kleinen Hund zusammen mühelos die verzwicktesten Fälle aufklärte.

Der Fahrer fing an, ein Lied zu pfeifen. Es schien alles in Ordnung zu sein.

An einer Ausweichstelle hielt er den Laster an. Rechts befand sich eine Geröllhalde.

»Hier stellten sie meinem Cousin eine Falle«, sagte der Fahrer. »Genau hier. Er hatte Pulte für eine neue Schule geladen. Und Klosettschüsseln aus Porzellan. Nichts, was sie brauchen konnten. Vielleicht erschossen sie ihn deshalb. Weil er nichts dabeihatte, was sie brauchen konnten. Vielleicht erschossen sie ihn aus reiner Enttäuschung, weil die Pulte aus Metall waren und nicht aus Holz.«

»Und wenn sie aus Holz gewesen wären?«, wollte Julia wissen.

»Dann hätten sie sie wenigstens verbrennen können. Es gibt in diesem kargen Gebiet wenig Holz. Manchmal machen sie Feuer aus Ziegendung und Gras.«

Der Fahrer stieg aus. Er nahm einen Stein vom Boden auf.

»Immer wenn ich an dieser Stelle vorbeifahre, halte ich an und hebe einen Stein auf. Beim ersten Mal fand ich einen mit Blut dran. Danach hat es einmal stark geregnet.«

»Sie sind ihm wohl sehr nahegestanden?«

»Er war wie mein Bruder. Wir sind zusammen aufgewachsen. Einmal ließen wir als Kinder Drachen steigen und rannten dabei über Stock und Stein, und er stolperte und fiel hin und schlug mit dem Kopf auf. Als ich bei ihm ankam, war er ohnmächtig, aber ich dachte, er sei tot. An einen schlimmeren Moment in meinem Leben kann ich mich nicht erinnern.«

Der Fahrer stieg wieder ein und zeigte ihnen den Stein. Es war ein ganz gewöhnlicher Stein, aber für ihn war es ein besonderer.

Sie fuhren weiter, und das Land um sie herum wurde hügelig. Kein Anzeichen dafür, dass es nur noch etwa hundert Kilometer bis zur Küste waren. Die Straße führte in Richtung Osten an einem See entlang und machte dann einen weiten Bogen und führte in ein anderes Tal hinein.

»Was macht ihr, wenn ihr zur Küste kommt? Wollt ihr in die Stadt?«

»Wir wollen nicht zur Küste.«

»Es ist schön an der Küste. Schöne Strände. Ich habe ein kleines Haus dort. Manchmal fahre ich raus aufs Meer zum Fischen.«

»Es wäre uns lieber, wenn wir hier irgendwo aussteigen könnten«, sagte Mika.

»Hier?«

»Ja.«

»Hier ist nichts. Kein Dorf in der Nähe, kein Bauernhof. Nichts.«

»Wir würden gerne hier aussteigen«, sagte auch Julia.

»Hier, wo nichts ist?«, antwortete ihr der Fahrer, verständnislos. »Das gehört alles zum Kampfgebiet. Hier ist niemand seines Lebens sicher.«

»Wir wollen einfach wieder einmal allein sein«, sagte Mika. »Bitte halten Sie an und lassen Sie uns aussteigen.«

Obwohl er es nicht glauben konnte, hielt der Fahrer tatsächlich an.

»Was wollt ihr hier?«

»Das wissen wir nicht.«

»Man wird euch im besten Fall einfach niederschießen. In diesem Krieg nimmt niemand Rücksicht auf irgendjemand oder irgendwas. Hier werden auch Kinder getötet. Und Verrückte.«

»Machen Sie sich um uns keine Sorgen.«

»Das könnt ihr von mir nicht verlangen. Natürlich werde ich mir Sorgen um euch machen. Ihr seid zwei verrückte Jugendliche aus dem Ausland. Ich habe euch bis hierher mitgenommen. Ich sollte euch in die Stadt bringen, wo ihr sicherer seid als hier draußen.«

»Vielen Dank, dass sie uns mitgenommen haben. Wir werden das nie vergessen.«

Mika nahm seinen Rucksack, öffnete die Beifahrertür und stieg aus. Julia folgte ihm. Auch sie hatte einen Rucksack. Mika machte die Tür zu.

Der Fahrer öffnete sie noch einmal.

»Wo wollt ihr denn hin?«

»Wir wollen zu Fuß weiter. Wir haben alles, was wir brauchen. Ein Zelt und Schlafsäcke und zu essen.«

»Seht ihr das dunkle Band dort drüben? Das ist das Küstengebirge. Dort wird besonders hart gekämpft.«

»Wir werden aufpassen«, versuchte Julia ihn zu beruhigen.

Der Fahrer sah sie an, schüttelte den Kopf und machte die Tür zu. Mit einem Ruck fuhr der Laster an und ratterte langsam davon. Eine Zeit lang konnten sie ihn noch hören, dann wurde es still um sie herum.

In der Ferne fielen einige Schüsse.

»Wohin gehen wir?«, fragte Mika.

»Dort hinunter.« Julia zeigte in das flache Tal hinein. Im Nachtschatten der Hügel schimmerte das stille Wasser eines kleinen Sees.

Sie folgten einem schmalen Pfad, der sonst von Ziegen und vielleicht von Wildtieren benutzt wurde. Und von Aufständischen und Soldaten.

Am Ufer des kleinen Sees schlugen sie ihr Zelt auf.

Das Wasser des Sees war eiskalt. Sie schöpften mit ihren Händen davon und tranken.

Ein Feuer wollten sie nicht machen. Es hätte anderen ihre Anwesenheit verraten können.

Die Nacht war jetzt still. Es wurde nicht mehr gekämpft. Es fielen keine Schüsse. Es explodierten keine Granaten und Tretminen.

Julia zeigte auf die Büsche am Ufer, die langen, geraden Äste mit den vielen kleinen Knospen.

»Ist jetzt Frühling?«, fragte sie Mika leise lachend.

Er ging zu ihr und nahm sie bei der Hand und sie krochen in das kleine Zelt und liebten sich, und obwohl sie es zuvor noch nie getan hatten, war alles so leicht und schön, und es schien ihnen, als wäre es unmöglich geworden, sich voneinander zu trennen.

Vereint schliefen sie ein.

Nach einiger Zeit erwachten sie, weil sie froren. Sie schlüpften beide in einen Schlafsack, umschlangen sich zitternd vor Kälte mit Armen und Beinen und schliefen wieder ein.

✪

An der Hand seines Vaters ging er durch den verschneiten Park. Sein Vater trug eine Mütze mit Ohrenklappen. Sein Gesicht war gerötet vom eisigen Wind, der ihnen entgegenwehte.

Der Schnee knirschte unter ihren Schuhen.

Mikas Hände wurden kalt, obwohl ihm sein Vater Handschuhe angezogen hatte.

Sie gingen zum Gehege mit den Damhirschen. Dort fütterten sie die Tiere durch den Maschendrahtzaun hindurch mit harten Brotstücken.

✪

Das war alles, woran sich Mika am Morgen, als er aufwachte, erinnern konnte. An den Atemhauch der Tiere in der eisigen Kälte. An das Knirschen des Schnees unter seinen Füßen. An das rote Gesicht seines Vaters. Und an die gelben Handschuhe.

Die Sonne schien, aber es war kalt.

Irgendwo bellte ein Hund.

»Hörst du den Hund?«, flüsterte Julia.

Mika richtete sich im völlig verdrehten Schlafsack auf. An den Zeltwänden perlte das Kondenswasser, das sich über Nacht gebildet hatte. Der Hund bellte nicht wie ein Hund, der anschlug. Er bellte wie ein Hund, der sich über irgendetwas freute. Ein Hund, der spielte.

Das Licht der Morgensonne sickerte auf der Ostseite des Zeltes durch den blauen Stoff, machte den Innenraum hell. Mika warf einen Blick auf seine Armbanduhr. Es war kurz vor acht Uhr.

Eine Stimme rief nach dem Hund. Die Stimme eines Kindes.

Mika machte den Reißverschluss beim Eingang des Zeltes ein Stück weit auf und streckte den Kopf hinaus. Der See glänzte im Sonnenlicht. Von den Hügeln flossen die letzten

Fetzen Dunkelheit durch die Rinnen und Vertiefungen bis zum Ufer auf der anderen Seite des Sees.

Der Hund hatte aufgehört zu bellen.

Er saß am Seeufer und blickte herüber. Im Schatten des Ufergestrüpps stand ein Junge, der ein Gewehr in den Händen hielt. Er trug ein knöchellanges Gewand und ein Tuch, das er sich um den Kopf gewickelt hatte. Der Junge stand sehr aufrecht und sehr still.

Mika machte den Reißverschluss ganz auf, schälte sich aus dem Schlafsack und kroch aus dem Zelt.

Am Boden kauernd hob er seine rechte Hand und winkte dem Jungen.

Der Junge reagierte nicht. Er stand einfach nur da, regungslos, das Gewehr diagonal vor seiner Brust.

Mika erhob sich.

»Da steht ein Junge mit einem Gewehr«, raunte er Julia zu.

Sie kroch aus dem Zelt. Auf Händen und Knien verharrend blickte sie zum Jungen hinüber und studierte ihn.

»Ich glaube nicht, dass uns von ihm Gefahr droht«, sagte sie nach einer Weile.

»Wohl kaum«, sagte Mika. Ohne den Jungen weiter zu beachten, ging er zum Ufer des Sees, kauerte nieder und schöpfte mit hohlen Händen Wasser, das er sich ins Gesicht klatschte.

Unterdessen zog Julia die feucht gewordenen Schlafsäcke aus dem Zelt und breitete sie über dem steinigen Boden aus.

»Das Wasser ist viel zu kalt für ein Bad«, rief ihr Mika zu.

»Ach was, Mika. Ich glaube, nach dem Frühstück werde ich schwimmen gehen.«

»Nicht, solange er dort steht, Julia. Wir sind in einem Land, in dem sich Mädchen und Frauen in der Öffentlichkeit nur verhüllt zeigen.«

»Dann soll er seinen Hund nehmen und nach Hause gehen.«

»Er ist vielleicht ein Hirte. Oder ein junger Krieger, der in der Nacht gekämpft hat.«

»Frag ihn doch, wer er ist. Frag ihn nach seinem Namen.«

Mika erhob sich. Sein nasses Gesicht brannte in der Kälte dieses Morgens. Er gab sich einen Ruck und ging am Ufer des Sees entlang auf den Jungen zu. Der Hund sprang auf und kam ihm schwanzwedelnd entgegen. Fing an zu laufen und sprang schließlich an Mikas Beinen hoch. Mika streichelte ihm über den Kopf und der Hund versuchte an ihm hochzuspringen, um ihm das Gesicht zu lecken.

»Hör auf damit!«, forderte Mika den Hund auf. Er hörte tatsächlich auf und lief stattdessen zu Julia hinüber.

Der Junge stand die ganze Zeit still. Wie eine Statue.

Mika hob noch einmal die rechte Hand und ging auf ihn zu. Erst als er noch etwa zwanzig Schritte von dem Jungen entfernt war, nahm dieser das Gewehr so in die Hände, dass er es dadurch auf Mika richtete. Den Zeigefinger seiner rechten Hand hatte er jetzt am Abzug.

Mika blieb stehen. »Ich bin unbewaffnet«, sagte er und hob nun beide Hände. Ob ihn der Junge verstehen konnte, wusste er nicht.

»Wir sind Fremde hier und wollen ins nächste Dorf. Weißt du vielleicht, ob sich in der Nähe ein Dorf befindet?«

Mika bekam keine Antwort. Er sah sich nach Julia um, die dabei war, dem Hund ein kleines Stück von einem Brot zu geben. Und ein Stück von einer fetten Wurst, die ihnen der Lastwagenfahrer geschenkt hatte.

»Versuchs noch mal«, rief sie ihm zu.

Mika zeigte mit dem Daumen auf seine Brust.

»Mein Name ist Mika«, rief er dem Jungen zu. Dann zeigte er auf Julia. »Meine Freundin heißt Julia. Kannst du uns sagen, ob sich hier in der Nähe ein Dorf befindet?«

Der Junge begann plötzlich zurückzuweichen. Schritt um Schritt. Es fiel Mika auf, dass er trotz der Kälte nur Sandalen trug. Keine Socken.

»Du brauchst keine Angst zu haben!«, sagte Mika laut.

Der Junge rief nach seinem Hund.

Aber der Hund wollte ihm nicht gehorchen. Es schien, als ob der Junge nun unsicher wurde. Er blieb stehen.

»Mika!«, rief Mika ihm zu und legte sich eine Hand auf die Brust. »Das bin ich. Mika.« Er zeigte zu Julia hinüber. »Sie heißt Julia. Julia!«

Der Junge wich jetzt wieder zurück, Schritt um Schritt.

Plötzlich wurde die Stille an diesem Morgen von einem leisen, dröhnenden und klopfenden Geräusch unterbrochen, das von überall und nirgendwo zu kommen schien. Es wurde schnell lauter und nach wenigen Sekunden tauchte über den Hügeln im Süden ein Hubschrauber auf, flog in Schieflage an den Hängen entlang, schien seinem eigenen Schatten zu folgen, der lautlos und schnell durch das Tal glitt.

Der Hubschrauber flog nun genau auf den See zu. Sein Dröhnen wurde lauter, wurde von einem hohen Heulton begleitet und von einem Mark und Bein durchdringenden, immer lauter werdenden Pfeifen.

Mika hatte für einige Sekunden den Jungen aus den Augen gelassen. Als er wieder dorthin blickte, wo er eben noch gestanden hatte, war er nicht mehr zu sehen. Mikas Blick hetzte das Ufergestrüpp entlang. Er blickte zu Julia hinüber, die sich vor dem Zelt erhoben hatte und mit einer Hand die Augen beschattete, um den heranfliegenden Hubschrauber besser zu sehen.

Obwohl ihn niemand warnte, begriff Mika plötzlich, dass ihnen von diesem Helikopter Gefahr drohte. Er schrie Julia eine Warnung zu, die aber im ohrenbetäubenden Lärm unterging. Mika begann zu laufen. Er rannte direkt auf Julia zu, und sie sah ihn erst im letzten Moment, als er sich auf sie stürzte und sie zu Boden riss.

Trotz des Lärms hörten sie eine ratternde Salve von Schüssen. Kugeln zerfetzten ihr Zelt. Der Hubschrauber drehte leicht ab, flog eine Schleife und kam erneut auf sie zugeflogen.

Wieder krachten Schüsse. Die Kugeln schlugen so dicht bei ihnen ein, dass sie von Gesteinssplittern getroffen wurden.

Mika hielt Julia umschlungen und versuchte sie zu schützen, indem er sie unter sich begrub.

Der Hubschrauber drehte ab, flog tief über den See hinweg und raste auf die Stelle zu, wo das Zelt inzwischen in sich zusammengefallen war. Mika drehte den Kopf, sodass er den Hubschrauber sehen konnte. Und er sah auch das Mündungsfeuer eines Maschinengewehres und die Gesichter der Männer im Cockpit.

Mika war in diesem Moment sicher, dass sie beide sterben würden. Hier in dieser Einöde in einem fremden Land ohne Namen. Einem Niemandsland.

Im Dröhnen und Heulen des Hubschraubers vernahm Mika mehrere Schüsse, die nicht vom Hubschrauber aus abgefeuert wurden, sondern von ganz in der Nähe. Dann zischte eine Rakete durch das goldene Licht der Sonne, eine dünne Rauchfahne hinter sich herziehend, schlingerte, durchbohrte den hellen Bauch des Hubschraubers und explodierte im Inneren. Der Hubschrauber wurde in der Luft auseinandergerissen. Der Rotor fiel aus, und wenige Sekunden später stürzte der Hubschrauber in großen und kleinen Teilen hundert Meter vom Seeufer entfernt ab. Krachend prallte das größte Stück des Rumpfes mit der Pilotenkabine voran auf dem steinigen Boden auf und zersplitterte wie ein Plastikspielzeug. Flammen züngelten aus dem Wrack, während andere Teile des Helikopters rundherum zu Boden fielen.

Ein Mann kroch unter den Trümmern hervor, versuchte aufzustehen, aber seine Beine wollten ihn nicht tragen. Er kroch einige Meter weit, dann fiel ein Schuss und der Mann krümmte sich am Boden zusammen.

Die Pilotenkabine fing jetzt an zu brennen.

Dunkle Rauchschwaden hoben sich in den Himmel. Beim Ufergestrüpp tauchten jetzt mehrere Männer auf. Alle hatten

Schnellfeuergewehre in den Händen. Sie rannten in ihren langen Gewändern auf den Mann zu, der schreiend am Boden lag. Der Mann trug einen khakifarbenen Kampfanzug und staubige Kampfstiefel. Keinen Helm. Er hob den Kopf und eine Hand. Streckte den Arm aus, als könnte er die heranlaufenden Männer aufhalten. Aber sie ließen sich nicht aufhalten. Nicht durch einen sterbenden Mann. Aus nächster Nähe schoss ihm einer eine Kugel in den Kopf.

Sie liefen weiter zum brennenden Wrack. Trotz der Hitze der Flammen und der schwarzen Rauchschwaden suchten sie in den Trümmern nach Waffen und Munition und nach allem, was sie vielleicht in diesem erbarmungslosen Krieg noch brauchen konnten. Alles was sie erbeuten konnten, war ein iPhone, dessen Displayglas zersplittert war.

Später, sobald das Wrack ausgebrannt war, würden sie vielleicht wiederkommen.

Jetzt rannten sie zum zerfetzen Zelt hinüber.

Sie schrien, während sie liefen, bedeuteten Mika und Julia, aufzustehen und wegzulaufen.

»Der Rauch!«, rief einer. »Bald werden andere Hubschrauber kommen. Ihr müsst mit uns kommen, sonst wird man euch niederschießen.«

Mika half Julia auf die Beine. Er zitterte am ganzen Leib.

Sie nahmen ihre Rucksäcke vom Boden auf und die beiden durchlöcherten Schlafsäcke und liefen mit den Männern in östlicher Richtung davon.

Erst als sie ein schmales Seitental erreichten, hielten sie an, um zu verschnaufen.

Mika und Julia hatten den ersten Schock überwunden.

»Wer waren die?«, fragte Mika den Mann, der sie aufgefordert hatte, sich ihnen anzuschließen.

»Fremde«, sagte der Mann. »Aus einem der Länder, die gegen uns Krieg machen.«

»Wo sind wir hier?«, fragte Julia nach Atem ringend.

»In unserem Land«, gab ihr der Mann zur Antwort. Er reichte ihr einen Ziegenbalg mit Wasser. »Hier. Trinkt. Wir müssen bald weiter. Hier sind wir nicht sicher.«

»Wir können nicht mit euch gehen. Wir wollen weiter.«

Der Mann lachte. »Wenn ihr sterben wollt, geht allein weiter.« Er erhob sich und schulterte sein Gewehr. »Wollt ihr sterben?«, fragte er sie.

Nein, sie wollten nicht sterben. Also erhoben sie sich und gingen mit dem Jungen, seinem kleinen Hund und den Männern mit.

Sie folgten einem kaum erkennbaren Pfad das enge Tal hinauf und über ein Geröllfeld und eine Anhöhe.

Dort erklomm einer der Männer einen zerklüfteten Felsgrat. Kaum war er oben, machte er sich wieder an den Abstieg und rief den anderen zu, sich zu verstecken.

Der Junge verkroch sich mit seinem Hund zwischen den Felsen.

Mika und Julia suchten sich zusammen ein Versteck, entdeckten eine kleine Höhle, die irgendeinem Wildtier als Unterschlupf gedient hatte. Am Boden verstreut lagen Knochen und Federn eines großen Vogels. Eingetrockneter Kot überall.

Kaum hatten sie sich klein gemacht, flogen mehrere Hubschrauber das enge Tal hoch und am Geröllhang entlang über die Anhöhe.

Der Lärm, mit dem sie in knapp hundert Metern über ihre Köpfe hinwegflogen, dröhnte noch lange, nachdem die drei Hubschrauber verschwunden waren, in Mikas und Julias Ohren.

Der Anführer der Gruppe, ein bärtiger Mann mit einem schwarzen Turban auf dem Kopf und dunklen, stechenden Augen, war der Erste, der aus seinem Versteck kam.

»Weiter!«, befahl er den anderen.

Sie gehorchten ihm wie gut dressierte Hunde und marschierten hintereinandergehend mehrere Stunden, bis sie in einer Schlucht eine längere Pause einlegten. An einem Quelltümpel machten sie halt und füllten ihre Flaschen und Ziegenbälge.

Am Abend entfachten sie ein kleines Feuer.

In der Ferne jagten zwei Kampfjets über den glühenden Himmel.

Irgendwo detonierten Bomben. Es klang ein bisschen wie Donnerschläge.

Sie schliefen ein paar Stunden in der kalten Nacht. Die Männer und der Junge besaßen keine Schlafsäcke. Der Junge hielt im Schlaf seinen Hund in den Armen.

Die Männer schliefen unruhig, ihre Waffen immer in Reichweite, bereit, aufzuspringen und zu kämpfen.

Abwechselnd hielten sie Wache.

Mika sah einen von ihnen auf einer Anhöhe. Einige Sekunden lang stand er dort, eine schwarze Silhouette gegen den Sternenhimmel, dann tauchte er ein in den Schatten der Felsen.

Noch vor Mitternacht brachen sie auf, obwohl im fahlen Mondlicht der Pfad kaum mehr zu sehen war. Sie gingen in einer Einerkolonne. Die meisten hatten ihre Gewehre geschultert. Einige hielten sie schussbereit vor ihrer Brust.

Julia merkte, wie ihr die Kräfte schwanden. »Warum gehen wir mit ihnen? Wir könnten uns irgendwo verstecken und ausruhen«, sagte sie, als die Kolonne einmal kurz anhielt.

»Du musst durchhalten, Julia«, sagte Mika zu ihr. »Dies ist kein Traum. Wir können nicht einfach aufwachen und alles ist gut. Diese Leute kennen sich in diesem Gebiet bestimmt sehr gut aus. Bei ihnen sind wir vielleicht sicherer, als wenn wir allein wären.«

»Und was ist, wenn man sie angreift?«

Mika drehte sich nach ihr um.

»Gib mir deinen Rucksack.«

»Nein. Es ist nicht der Rucksack, Mika.«

»Was dann?«

»Ich kann nicht mehr.«

»Es ist bald Morgen.«

Sie nickte nur.

Er half ihr, den Rucksack vom Rücken zu nehmen, und hängte ihn sich an einem Riemen über die rechte Schulter.

Irgendwann überquerten sie eine Straße mit tiefen Fahrrillen.

Im Morgengrauen erreichten sie eine Steinhütte.

»Wir bleiben hier«, erklärte der Mann, der ihr Anführer zu sein schien, Mika und Julia.

»Sind wir hier sicher?«, wollte Mika wissen.

»Sicherer«, erklärte der Mann. »Sicher sind wir hier nirgendwo.«

In einem mit Brettern abgedeckten Loch im Boden waren Lebensmittel versteckt.

In der Nähe der Hütte, bei einigen Felsen, befand sich eine Zisterne.

Der Kommandant der Gruppe schickte einen Mann aus, um auf einer Anhöhe Wache zu halten. »Wir sind nicht weit von einer Straße entfernt«, sagte er.

»Wie heißt du?«, fragte ihn Mika.

Der Mann lächelte. »Frag mich nicht nach meinem Namen, Junge.«

»Warum nicht?«

»Wir haben keine mehr.«

Mit einem Eimer an einem langen Seil holte einer Männer Wasser aus der Zisterne.

Dass Wasser war kühl, aber es roch nicht gut.

»Es ist kein schlechtes Wasser«, sagte der Anführer.

Sie sahen, wie der Junge aus einer Schale trank, aus der er

vorher dem Hund zu trinken gegeben hatte. Der Hund entfernte sich von ihm. Der Junge beobachtete ihn, wie er den Pfad entlanglief, an den Steinen schnüffelte und sich dann zum Pinkeln hinkauerte.

»Ist er ein Mädchen?«, fragte Julia den Jungen.

Der Junge verstand nicht.

»Mädchen«, sagte Julia. Sie zeigte auf sich selbst. »Ich bin ein Mädchen. Julia.« Sie zeigte auf Mika. »Mika ist ein Junge.«

Der kleine Hund entfernte sich noch weiter von der Hütte.

Der Junge erhob sich. Er sah dem Hund nach. Dann ging er davon, folgte dem Tier. Sie verschwanden zwischen den Felsen.

Der Anführer setzte sich zu ihnen und bot ihnen eine Handvoll Nüsse an. Sie aßen die Nüsse, und der Mann sagte, dass der Junge sein Neffe sei. Fremde Soldaten hätten die Mutter und die drei Schwestern des Jungen getötet.

»Und sein Vater?«, fragte Julia den Mann.

»Das ist sein Vater.« Er zeigte zu einem jungen Mann hinüber, der mit seinem Gewehr über den Knien im Schneidersitz auf dem Boden saß. »Er hat die Rakete abgeschossen, die den Hubschrauber getroffen hat.«

»Bleiben wir hier?«, fragte Mika.

»Bis es Nacht wird«, sagte der Mann und warf einen Blick auf seine Armbanduhr. »Ruht euch aus. Wir greifen mit anderen zusammen in der Nacht einen Armeeposten an.«

»Hier?«

»Nein. In der Nähe eines Dorfes.«

»Wir gehen nicht mit euch«, sagte Julia. »Wir ruhen uns aus und dann machen wir uns auf den Weg in die Stadt.«

»Es sind drei Tagesmärsche von hier bis in die Stadt.« Der Mann erhob sich. »Ruht euch aus«, sagte er noch einmal.

Am Mittag verließen mehrere Männer die Hütte und marschierten in nordöstlicher Richtung davon.

Der Junge ließ Julia den kleinen Hund streicheln.

Mika gab dem Jungen das letzte Stück Schokolade, die ihnen der Lastwagenfahrer geschenkt hatte. Der Junge ging zu seinem Vater und reichte ihm die Hälfte. Sein Vater bedankte sich bei Mika und Julia, indem er kurz die Hand vom Schaft seines Gewehres hob.

Sein Sohn übernahm die Wache von einem Mann, der sich in der Hütte zum Schlafen hinlegte. Der kleine Hund folgte dem Jungen auf den Hügel. Dort setzte sich der Junge hin. Der Hund rannte um ihn herum und schnappte nach seinen Füßen. Der Junge packte ihn im Fell, zog ihn zu sich heran und nahm ihn auf den Schoß.

»Glaubst du, dass jemand bei uns zu Hause weiß, wie sehr uns die Leute hier verachten?«

»Tun sie das?«

»Das siehst du doch, Mika. Es sind auch Soldaten unseres Landes, die hier eingesetzt werden.«

»Friedenstruppen«, sagte Mika. »Das sagen sie uns doch immer. Unsere Soldaten sind hier, um den Leuten zu helfen. Brücken zu bauen. Schulen.«

»Soldaten bauen keine Brücken, es sei denn, sie brauchen eine, damit sie mit ihren Panzern schneller über einen Fluss kommen.«

»Und Schulen. Du hast gehört, was der Lastwagenfahrer gesagt hat. Sein Freund hatte metallene Schulbänke geladen, als er überfallen wurde.«

»Schau dir den Jungen an. Geht er in eine Schule? Nein, er folgt seinem Vater und seinem Onkel im Kampf gegen die fremden Soldaten. Würde man die Leute hier in Frieden lassen, würde er vielleicht in eine Schule gehen.«

»In eine Schule seines Volkes.«

»Ja. Er würde lernen, was sein Vater gelernt hat und vor ihm sein Großvater.«

»Julia, auch sein Vater und sein Großvater haben kämpfen müssen.«

»Dann soll das nie aufhören?«

»Das habe ich nicht gesagt.«

»Was denn?«

»Ich habe gesagt, dass diese Leute kämpfen werden, bis sie ein eigenes Land haben. Wenn ich hier geboren wäre, würde ich auch nicht in die Schule wollen. Ich würde mit ihnen kämpfen.«

»Siehst du. Das ist genau das, was ich auch denke. Niemand hat ein Recht, ihnen ihr eigenes Land zu verweigern. Niemand hat ein Recht, Soldaten hierherzuschicken und zu versuchen, diesen Leuten ein anderes Leben aufzuzwingen.«

Der Junge auf dem Hügel erhob sich plötzlich.

Er stieß einen schrillen Pfiff aus. Die Männer sprangen sofort auf. Der Vater des Jungen rannte den Hügel hinauf. Wenig später kehrte er zurück und sagte etwas zu den anderen Männern.

Der Anführer erklärte Mika und Julia, dass auf der Straße einige Panzer in Richtung Stadt fuhren.

Die Männer gingen zum Hügel hoch und schauten mit ihren Ferngläsern zur Straße hinunter, beobachteten die Panzer, die lautlos durch die zerfurchte Einöde fuhren. Der Staub von ihren Ketten breitete sich wie Nebel über der Wüste aus.

Am Abend kehrte einer der Männer, die am Nachmittag weggegangen waren, zur Hütte zurück. Kurze Zeit später verließen vier Männer mit ihm gemeinsam die Hütte.

Zurück blieben der Junge, sein Onkel und sein Vater und ein älterer Mann, der ein Feuermal unter dem linken Auge hatte und einen grausträhnigen Bart.

»Wir bleiben die Nacht über hier«, sagte der Onkel des Jungen. »Ihr könnt in der Hütte schlafen. Am Morgen begleiten wir euch ein Stück auf dem Weg in die Stadt.«

Sie schliefen alle in der Hütte.

Der Onkel des Jungen sagte, dass es nicht notwendig sei, eine Wache aufzustellen, da weit und breit keine Soldaten in der Nähe der Hütte seien. Falls eine Gefahr drohe, dann im Morgengrauen.

Die Männer beteten an diesem Abend, knieten sich draußen hin und beugten sich vornüber.

Mika und Julia schliefen dicht beisammen in der Nähe der Tür.

Es war eine stille Nacht.

Mika wachte einmal auf und es dauerte eine Weile, bis er wusste, wo er sich befand.

Im Mondlicht, das durch die schmale Fensteröffnung fiel, sah er den kleinen Hund in den Armen des Jungen. Dessen Vater saß in einer Ecke, mit dem Gewehr über den angezogenen Beinen. Er schlief. Der alte Mann lag in seiner Decke am Boden und schnarchte.

Irgendwann stand er auf und ging hinaus und pinkelte. Als er zurückkehrte, legte er sich wieder hin und drehte sich auf die andere Seite.

Der Onkel lag neben dem Jungen. Manchmal wachte er auf, öffnete die Augen, lauschte, schloss die Augen wieder und schlief weiter.

Am Morgen erhob sich der alte Mann zuerst. Er legte sich die Decke um die Schultern, nahm sein Schnellfeuergewehr und ging zur Tür. Um die anderen im Schlaf nicht zu stören, öffnete er die Tür leise und schlüpfte hinaus. Sein Gewehr schlug gegen den Türrahmen. Julia schrak hoch, setzte sich im Schlafsack auf und sah, wie die Tür zuging und der Riegel fiel.

Sie blickte zum Vater des Jungen hinüber, der dabei war, sich vom Boden zu erheben.

Der kleine Hund streckte sich gähnend. Der Junge öffnete die Augen und lächelte, als er sah, dass Julia wach war. Dann rieb er sich ebenfalls gähnend die Augen.

»Es ist noch dunkel«, sagte der Onkel des Jungen. »Der alte Mann wird Wache halten, bis die Sonne aufgeht.«

Mika setzte sich auf. Sein Mund war ausgetrocknet. Er griff nach der Wasserflasche, öffnete sie und trank. Als er die Flasche Julia reichte, fielen draußen Schüsse. Ein kurzes Stakkato von Schüssen aus einem Schnellfeuergewehr.

Der Vater und der Onkel des Jungen sprangen auf – ihre Gewehre schussbereit in den Händen.

Der Junge drückte dem Hund die Schnauze zu, damit er nicht bellen konnte.

Draußen war es jetzt wieder still.

»Versteckt euch!«, zischte der Onkel des Jungen Mika und Julia zu. »Dort!« Er zeigte auf die Falltür.

Die beiden gehorchten ihm sofort. Sie krochen hastig aus ihren Schlafsäcken. Mika ließ Julia zuerst in die kleine Kammer hinuntersteigen. Er warf ihr die Schlafsäcke und die Rucksäcke hinterher und drehte sich nach dem Jungen um. »Und du?«, fragte er ihn.

Der Junge sah ihn nur an.

»Er bleibt«, sagte sein Onkel. »Er wird mit uns kämpfen. Das ist seine Pflicht.«

Der Junge erhob sich und übergab Mika den kleinen Hund, zeigte ihm, wie er die Schnauze halten musste, um ihn am Bellen zu hindern.

Mika drückte den Hund an sich und kletterte eilig die Leiter hinunter in die kleine Kammer, wo Julia am Boden kauerte.

Der Onkel des Jungen machte die Falltür zu.

Es wurde stockdunkel.

Mika spürte Julias Hand auf seinem Arm.

»Glaubst du, dass sie ihn töten?«

»Wen?«

»Den Jungen.«

»Vielleicht töten sie ihn.«

»Er ist noch ein Kind.«

»Für sie ist er ein Kämpfer.«

»Sie werden auch uns töten.«

»Das kann sein.«

»Ich will nicht sterben, Mika.«

»Ich auch nicht. Aber wenn sie uns töten wollen, können wir sie nicht daran hindern.«

»Hast du keine Angst?«

»Nein. Nicht jetzt. Vielleicht später. Vielleicht, wenn sie in die Hütte kommen und uns hier unten entdecken. Dann habe ich vielleicht Angst.«

»Du bist so mutig.«

»Nein. Der Junge ist mutig. Und sein Vater und sein Onkel. Sie werden sterben. Uns lassen sie vielleicht am Leben, Julia, weil wir nicht zu denen da oben gehören.«

»Aber wir sind bei ihnen, also gehören wir zu ihnen.«

»Nicht wirklich. Sie sind anders als wir. Sie kämpfen um ihr Land und wir haben nicht einmal eine Waffe, mit der wir uns zur Wehr setzen könnten.«

»Es wird leichter sein, uns zu töten als den Jungen.«

»Ich denke nicht, dass sie uns töten werden. Wir werden ihnen sagen, woher wir kommen und warum wir hier sind.«

»Warum sind wir hier?«

Mika schwieg. Er starrte zur Falltür hoch. Durch eine schmale Ritze fiel ein bisschen Licht. Der Tag graute. Kein Geräusch war zu hören. Nichts.

»Wirst du bellen, wenn ich dich loslasse?«, fragte Mika den Hund. Langsam lockerte er den Griff an der Schnauze des Hundes, bereit, beim geringsten Laut, den der Hund machen würde, wieder zuzudrücken. Aber der Hund gab keinen Muckser von sich.

»Willst du ihn halten?«

»Ja, gib ihn mir, ich würde ihn gerne halten.«

»Hier. Er zittert vor Angst, aber er gibt keinen Laut von sich.«

Mika gab Julia den kleinen Hund und sie legte ihn sich in den Schoß. Und fing an ihn zu streicheln.

✪

Oben legte der Vater seinem Sohn die Hand auf den Kopf.

»Du musst jetzt stark sein, mein Sohn«, sagte er. »Wir wissen nicht, wie viele Feinde dort draußen sind, aber wir werden alles tun, um den Kampf gegen sie zu gewinnen.«

Der Onkel nickte dem Jungen zu. »Wir wussten, dass einmal dieser Moment kommen würde«, sagte er aufgeräumt. »Es ist ein großer Tag für uns. Wenn wir sterben, werden wir uns im Paradies wiedersehen, während unsere getöteten Feinde in ewiger Verdammnis verkommen.«

Der Junge sah sie beide an. Er vertraute ihnen. Er hätte alles getan, um bei ihnen zu bleiben, mit ihnen zu leben oder zu sterben. Er liebte seinen Vater und er liebte seinen Onkel. Nichts anderes wollte er mehr, als bei ihnen zu sein, im Leben, im Kampf, im Tod und im Paradies.

Der Vater des Jungen streifte seinen Sohn mit einem Blick, ging zur Tür und hob den Holzriegel an. Dann stieß er die Tür einen Spaltbreit auf und spähte auf den steinigen Platz hinaus.

Der alte Mann lag etwa fünfzig Schritte entfernt am Fuß der Anhöhe.

Der Vater des Jungen spähte zur Kuppe hinauf. Es war niemand dort oben. Sein Blick strich den Felsen entlang. Nichts rührte sich. Kein Geräusch war zu hören.

Er machte die Tür ein Stück weiter auf.

Nichts geschah.

Der Onkel des Jungen sah aus dem kleinen Fenster, das Gewehr im Schulteranschlag.

»Vielleicht sind sie abgehauen?«

»Wohl kaum«, sagte der Vater des Jungen. »Warum sollten sie abgehauen sein?«

»Vielleicht waren es nur wenige. Zwei oder drei.«

»Kaum«, sagte der Vater des Jungen. »Schau mal, dein Großvater lebt noch.«

Tatsächlich. Der alte Mann versuchte seinen Kopf zu heben und den Oberkörper etwas aufzurichten. Sein Gewehr lag ein paar Schritte von ihm entfernt am Boden. Er hob zitternd seine linke Hand und versuchte das Gewehr zu ergreifen. Die Hand war blutverschmiert. Auch sein zerfurchtes Gesicht war voll mit Blut.

»Wo bist du getroffen, Vater?«, rief ihm der Vater des Jungen zu.

Der alte Mann öffnete den Mund, aber es kam kein Laut über seine Lippen.

»Hilf ihm, Papa«, sagte der Junge leise.

»Wir können nichts für ihn tun.«

»Es wäre zu gefährlich, zu ihm zu gehen«, sagte der Onkel des Jungen.

»Hilf ihm, Papa«, sagte der Junge noch einmal.

Sein Vater stand mit dem Rücken zur Steinmauer, dicht neben der Türöffnung, das Gewehr senkrecht vor der Brust.

Er blickte seinem Sohn in die Augen. »Komm her«, befahl er ihm.

Sein Sohn gehorchte. Das Gewehr fest in den Händen lief er gebückt zu seinem Vater.

»Leg dich hier auf den Boden«, sagte sein Vater. »Ich laufe jetzt aus der Hütte, und wenn sich draußen etwas rührt, schießt du.«

Der Junge nickte und legte sich bei der Türöffnung auf den Boden.

Sein Vater ließ ein paar Sekunden verstreichen, dann drehte er sich mit einem Mal weg von der Mauer und sprang durch die Türöffnung hinaus. Geduckt lief er über den Platz auf den alten Mann zu. Sein Sohn rollte über den Boden, kam in der Türöffnung auf den Bauch zu liegen, stützte sich mit den Ellbogen auf und drückte den Kolben des Gewehres hart gegen seine Schulter.

Sein Vater lief auf den alten Mann zu.

Nur noch wenige Schritte hätte er machen müssen, aber wer immer seine Feinde waren, sie ließen ihm keine Chance.

Kugeln stoppten ihn mitten im Lauf. Er fiel auf die Knie. Der Zeigefinger seiner rechten Hand krümmte sich am Abzug. Eine Salve von Schüssen löste sich. Kugeln fegten durch das Grau des Morgens in den Himmel.

Der Junge schoss eine einzige Kugel auf einen Schatten bei den Felsen ab, der nur für einen winzigen Moment zu sehen war.

Der Onkel des Jungen begann durch das kleine Fenster zu schießen. Er sah niemanden, aber er zielte auf die Lücken zwischen den Felsbrocken, die sich etwa fünfzig Schritte entfernt befanden. Dort waren die Kugeln abgefeuert worden, die seinen Bruder getroffen hatten.

Der Junge in der Tür sah, wie sein Vater auf den Knien hin und her wankte, bevor ihm das Gewehr aus den Händen fiel. Wie gebannt hingen seine Augen an seinem Vater, der auf allen vieren auf den alten Mann zukroch. Er kam nur wenige Meter weit, dann schossen sie erneut auf ihn, und dieses Mal trafen ihn die Kugeln in den Kopf.

Er fiel vornüber, krümmte sich am Boden zusammen und lag schließlich still.

Der Junge in der Türöffnung wollte weiterschießen, aber er konnte nicht.

So sehr er sich auch anstrengte, sein Zeigefinger gehorchte ihm nicht mehr.

Außerdem fingen seine Augen an zu brennen.

Alles verschwamm in seinem Blickfeld.

Die Welt löste sich auf, als hätte sie nie wirklich existiert.

Schatten glitten durch das Zwielicht.

Mündungsfeuer zuckten auf.

Der Onkel des Jungen schoss zurück. Er schrie, während er schoss. Verwünschte seine Feinde. Verfluchte jeden Einzelnen von ihnen.

Der Junge presste seine zitternden Lippen fest zusammen.

Sein Hund begann zu bellen. Dann verstummte er.

Eine Kugel streifte den Jungen an der Schulter.

Sein Onkel taumelte weg vom Fenster, brach mitten in der Hütte zusammen.

Der Junge lag regungslos am Boden, benommen von den Schmerzen.

Der erste Soldat, der die Türöffnung erreichte, trat ihm mit dem Schuh hart gegen den Kopf.

Der Junge verlor das Bewusstsein. Im Paradies, von dem sein Vater und sein Onkel ihm erzählt hatten, war es stockdunkel. Keine Sterne. Kein Mond.

Nichts.

✪

Tritte auf der Falltür. Männerstimmen.

»Wetten, dass sich da unten einige verkrochen haben«, sagte einer.

»Okay, geh mal weg von der Falltür.«

»Was hast du vor?«, fragte ein Dritter lachend.

»Die kriegen eine Ladung, bevor wir aufmachen.«

Kaum hatte der Mann ausgesprochen, durchlöcherte eine Serie von Gewehrkugeln die Bretter der Falltür.

Querschläger jaulten Mika und Julia um die Ohren. Durch die Löcher in den Brettern über ihnen fiel Licht. Dann wurde die Falltür hochgezogen. Soldaten in Kampfanzügen standen am Rand der Öffnung und richteten ihre Gewehre auf Mika und Julia, die dicht beisammen in einer Ecke der Kammer kauerten. Mika blutete aus einer Schramme an der Stirn, wo ihn ein Splitter getroffen hatte.

Einer der Soldaten beugte sich etwas vor.

»Verdammt, wer seid ihr?«, stieß er überrascht hervor, als er bemerkte, dass sich sonst niemand in der Kammer befand.

»Wir sind nur zufällig hier«, antwortete ihm Mika. Seine Stimme zitterte. »Wir haben auch keine Waffen.« Er hob beide Hände.

»Ich habe verdammt noch mal gefragt, wer ihr seid.«

»Sie heißt Julia. Ich bin Mika. Wir waren auf dem Weg in die Stadt, als wir den anderen begegneten.«

»Auf dem Weg in die Stadt? Sag mal, willst du uns verdammt noch mal verarschen, Junge?!«

»Nein, das will ich nicht. Dürfen wir hinauskommen?«

Der Soldat raunte einem anderen etwas zu. Der nickte nur.

»Ihr könnt rauskommen«, sagte der Soldat. »Zuerst du, dann das Mädchen mit dem Hund.«

Mika erhob sich.

»Wir haben Schlafsäcke dabei und zwei Rucksäcke.«

»Lass alles dort unten liegen, Junge. Streck die Hände hoch. Ja, über den Kopf. Verschränke sie auf deinem Kopf, verdammt! Auf dem Kopf, Junge, hörst du schlecht oder was?! So, jetzt kommst du zur Leiter. Du bleibst sitzen, Mädchen, bis er oben ist. Ich werde dir sagen, wann du aufstehen kannst, hast du verstanden?«

Julia gab ihm keine Antwort.

»Ob du verstanden hast, verdammt noch mal?!«

»Ja, ich habe verstanden.«

»Gut. Junge, jetzt kommst du die Leiter herauf. Eine Sprosse nach der anderen. Hände auf dem Kopf. Schaffst du das, Junge?«

Mika hatte Mühe, das Gleichgewicht zu halten, aber als er beinahe oben war, packten ihn einige Hände und zogen ihn aus der Öffnung.

»Leg dich hin!«, schrie ihn einer der Soldaten an. »Auf den Bauch!«

Der Kolben eines Gewehres traf ihn in den Unterleib. Mika krümmte sich zusammen und fiel hin. Einer der Soldaten stieß ihm den Schuh ins Kreuz. »Bleib unten, Junge. Rühr dich nicht vom Fleck. Wenn du einen Muckser von dir gibst, kriegst du eine verdammte Kugel in den Nacken, klar?«

Mika versuchte zu atmen, aber er bekam fast keine Luft.

Einer der Soldaten befahl Julia, aufzustehen und zur Treppe zu kommen.

»Darf ich den Hund mitnehmen?«, fragte ihn Julia.

»Klar doch. Ist das dein Hund?«

»Nein. Er gehört dem Jungen.«

»Welchem Jungen?«

»Dem, der oben war. Mit dem alten Mann und mit seinem Vater und seinem Onkel.«

»Komm zur Leiter, Mädchen. Reich mir den Hund.«

Einer der Soldaten hatte sich auf die Knie niedergelassen und streckte die Hand durch die Öffnung.

Julia streckte ihm den kleinen Hund entgegen. Der Soldat packte ihn am Hals. Der Hund fing an zu winseln, aber der Soldat hob ihn sachte aus der Öffnung und erhob sich.

»Ein stinkender kleiner Rebellenköter«, sagte einer der Soldaten.

»Lass ihn! Er ist nur ein kleiner Hund, verdammt.«

»Ach, ein Herz für Tiere«, höhnte der Soldat. »So gewinnst du keinen von diesen Dreckskriegen, Fränky.«

»Ich habe es einfach satt, du Arschloch. Seit wir hier sind, töten wir alles, was sich bewegt. Wir morden und plündern und wir vergreifen uns an Frauen und Mädchen. Ich mag verdammt noch mal nicht mehr, verstehst du?«

»Das ist doch nur ein kleiner Köter«, lachte der andere. »Wenn du Probleme hast, Fränky, wenn es dir schlecht geht oder was, kann ich das verstehen, aber wenn du so was hast wie ein Burn-out, musst du dich im Hauptquartier beim Seelsorger melden und dann schicken sie dich vielleicht nach Hause zu deiner Mutter, bis du wieder zur Besinnung kommst und weißt, dass du ein Soldat bist!«

»Halt die Fresse, Arschloch!«

Einer der Soldaten half Julia heraus. Er hielt sie am Arm fest, als sie oben stand und sich nach Mika und nach dem Jungen umblickte. Der Junge saß mit dem Rücken zur Wand in einer Ecke. Blut lief von einer Platzwunde an der Stirn über sein Gesicht. Das Gewand, das er trug, war an der Schulter aufgerissen.

Eben war er aus dem finsteren Paradies zurückgekehrt.

»Der Hund gehört ihm«, sagte Julia zu dem Soldaten, der den Hund festhielt.

»Kennst du ihn?«, fragte ein anderer Soldat.

»Nein. Wir wissen nicht einmal seinen Namen.«

»Er ist ein verdammter Terrorist«, sagte einer der Soldaten grimmig. Er ging zu dem Jungen und setzte ihm die Gewehrmündung auf die blutverschmierte Stirn. »Nicht wahr, du bist ein verdammter Terrorist?«

»Was geschieht mit ihm?«, fragte Mika.

Der Soldat beachtete ihn nicht. »Entweder wir töten ihn oder wir nehmen ihn mit.«

»Er ist ein Kind«, wandte Mika ein.

»Na und?«, lachte der Mann. »Er hat auf uns geschossen. Hätte er besser gezielt, wäre einer von uns draufgegangen.«

Der Soldat entsicherte sein Gewehr.

»Wie heißt du?«, fragte er den Jungen.

Der Junge öffnete den Mund. Seine Lippen bebten. In seinen Augen spiegelte sich die nackte Angst.

»Er steht unter Schock«, rief Julia aus. »Und er hat nur geschossen, weil es sein Vater und sein Onkel von ihm verlangten.«

»Er ist ein verfluchter kleiner Bastard!«, stieß einer der anderen Soldaten hervor. »Töte ihn, Mann!«

»Töte ihn!«

Der Soldat, der das Gewehr auf den Jungen gerichtet hatte, schüttelte den Kopf.

»Wir nehmen ihn mit. Vielleicht weiß er was.«

»Weichei. Soll ich es für dich tun? Komm, ich mach es für dich. Ich lege sie alle drei um und auch den Köter.«

»Das wäre dir zuzutrauen, du verdammtes Schwein!«

Der Soldat, der damit gedroht hatte, sie alle umzubringen, richtete sein Gewehr auf Mika und Julia. »Was macht ihr hier?«

»Nichts. Wir sind vor vielen Wochen von zu Hause aufgebrochen, weil wir wegwollten.«

»Weg?«

»Einfach weg.«

»Habt ihr gedacht, es gäbe irgendwo eine bessere Welt?«

»Eine bessere Welt?« Einer der anderen Soldaten verfiel in einen Lachkrampf. »Hier? Hier ist die Hölle. Weißt du, wieso es denen nichts ausmacht, im Kampf zu sterben? Sie denken alle, sie können dadurch dieser Hölle entrinnen und kommen in ein Paradies, wo alles gut ist. Dieser Junge hier fleht mich doch an, endlich den Finger krumm zu machen, damit er im Paradies seinen Vater und seinen Onkel wiederfindet. Für ihn hätte alles Leid ein Ende, wenn ich ihm eine Kugel …«

»Hör auf! Verdammt, hör auf damit. Wir nehmen den Jungen mit. Und die zwei auch. Andere werden entscheiden, was mit ihnen geschieht.«

»Du hast nicht nur ein Herz für Tiere, Fränky, du hast auch eins für Kinder. Du passt überhaupt nicht hierher.«

»Das weiß ich selbst, du verdammtes Arschloch. Aber zum Glück gibt es einige von meiner Sorte hier, sonst wäre das Chaos noch viel größer.«

Der Soldat, der Fränky hieß, ging zu dem Jungen und kauerte sich bei ihm nieder. »Hab keine Angst«, sagte er zu ihm.

Der Junge hatte keine Angst. Er wusste nur nicht, warum er noch lebte.

Sein Vater und sein Onkel und der alte Mann waren im Paradies.

Ihn hatten sie zurückgelassen.

✪

Was mit dem Jungen geschah, erfuhren Mika und Julia nicht.

Er wurde im Hauptquartier der Soldaten in eine Zelle gesperrt, verhört, gefoltert und schließlich mit anderen Kriegsgefangenen in ein geheimes Gefängnis gesteckt, wo man ihn weiterverhören konnte, weiterfoltern und schließlich einfach irgendwohin abschieben oder ermorden konnte.

Mika und Julia wurden von den Soldaten laufen gelassen. Und ihnen blieb der kleine Hund des Jungen.

Sie nannten den Hund »Hund«. Das war einfach. Und der Hund verstand, dass er ein Hund war.

Seine Liebe zum Jungen machte ihn zuerst einmal krank. Er fraß nicht. Schlief lange und länger. »Wahrscheinlich schläft er so viel, um zu vergessen«, meinte Mika. »Vielleicht findet er den Jungen in seinen Träumen.«

»Ich glaube eher, dass er schläft, weil er zu schwach ist, wach zu bleiben«, vermutete Julia.

Sie folgten einer Straße, der einzigen, die durch diese Steppe führte. Es war eine alte Straße, die einmal geteert gewesen war. Vom Asphalt waren nur noch rissige Stücke übrig geblieben, kleinere und größere Inseln in einem ausgetrockneten Fluss, der sich durch weite Senken und über flache Hügel zog, durch endlos scheinende Ebenen in einem Land, in dem der Wind nie zur Ruhe kam.

Hier, in dieser Ebene, war der Frühling schon wieder vorbei, wenn es hier überhaupt Jahreszeiten gab oder Regen, Schnee, grünes Gras.

Schon lange hatten sie kein Auto mehr gesehen. Keine Leute. Eine kleine Herde von Wildpferden hatte einige Tage zuvor nur wenige hundert Meter vor ihnen die Straße überquert und war über einen Hügel galoppiert und in einer Senke verschwunden.

Ein schwarzer Hengst hatte die Herde angeführt.

Am Abend machten sie ein kleines Grasfeuer, das sie nur

mühsam am Flackern hielten. Nach kurzer Zeit gaben sie es auf und nachdem sie ein Stück Brot und etwas Kürbis gegessen hatten, saßen sie dicht beisammen und spielten mit dem kleinen Hund. Er hatte angefangen kleine Stücke von einer Wurst zu essen, die sie in einer Tankstelle gekauft hatten, die längst kein Benzin oder Dieselöl mehr hatte, weil diese Straße von Nirgendwo nach Nirgendwo führte.

»Das ist unsere Straße«, hatte Julia dem Mann an der Tankstelle erklärt. »Nirgendwo ist überall.«

Der alte Mann hatte gelächelt. »Das stimmt«, hatte er gesagt. »Ich wünsche euch beiden, dass ihr dorthin kommt.«

Er gab ihnen zwei Plastikflaschen mit Wasser, das inzwischen bis auf einen kleinen Rest ausgetrunken war.

Drei Wochen waren sie unterwegs in diesem menschenleeren Land. Einmal entdeckten sie in einer Senke einen Quelltümpel, der keinen Ablauf hatte und beinahe ausgetrocknet war. Sie tranken vom brackigen Wasser und füllten ihre beiden Flaschen, bevor sie wieder aufbrachen.

Die Tage unter brennendem Himmel.

Die Nächte in der Kälte glitzernder Sterne.

Sie hatten nie zuvor so viele Sternschnuppen gesehen. Fast jede Nacht entdeckten sie welche.

Ihre Wünsche verrieten sie sich nicht. Das hätte Unglück gebracht. Hätte vielleicht aus dem tiefsten Schlund der Hölle das Böse heraufbeschworen.

In dieser Nacht jedoch sagte Mika, dass er sich einen Stern ausgesucht und ihm den Namen Julia gegeben hatte.

Sie schmiegten sich aneinander, den kleinen Hund zwischen sich.

Sie waren glücklich.

»Ist das unser Paradies?«, fragte Julia.

»Für diese Nacht schon.« Er küsste sie und sie krochen zusammen in einen Schlafsack und den kleinen Hund steckten sie in den anderen.

Der kleine Hund wollte bei ihnen sein. Er kroch aus dem Schlafsack und auf dem Bauch zu ihnen hin und schmiegte sich an sie.

»Hund, hau ab«, schnauzte ihn Mika an.

Der Hund machte sich klitzeklein.

»Er hat Angst«, bemerkte Julia.

»Wovor denn? Es ist niemand da. Hier kann ihm nichts passieren.«

»Es ist die Dunkelheit.«

»Ach was. Du hast ihn verwöhnt. Er hat mehr mit dir geschlafen als ich.«

»Armer Mika.«

»So kann ich nicht schlafen, zwischen dir und ihm.« Er kroch aus dem Schlafsack und entfernte sich.

»Wohin gehst du?«

»Ich geh nur ein bisschen rum.«

Der Hund folgte ihm auf Schritt und Tritt.

»Doofer Hund«, sagte Mika zu ihm. »Irgendwann werden wir dich essen, weil wir nichts anderes haben.«

»Ich habe es gehört, Mika!«, rief Julia.

»Wenn wir in den nächsten Tagen nichts zu essen finden, wird uns nichts anderes übrig bleiben.«

»Wir brauchen nicht nur Lebensmittel, wir brauchen auch Wasser.«

Mika kehrte zum Lager zurück und kauerte sich bei Julia nieder.

»Ich möchte wieder einmal nackt mit dir schlafen.«

»Ich auch«, antwortete sie ihm. »Aber es ist zu kalt.«

»Es ist wirklich sehr kalt.« Er beugte sich über sie und sie küssten sich. Der kleine Hund versuchte sich zwischen sie zu drängen.

»Morgen essen wir dich«, sagte Mika. Er ging zum anderen Schlafsack und kroch hinein. Der Schlafsack roch nach Hund.

✪

Mika träumte von einem Haus in einer Stadt.

Seine Eltern lebten in diesem Haus. Die Stadt war ihm fremd. Er ging in der Stadt umher. Auf einem Platz stand seine Mutter auf einem Podest und sprach über ein Mikrofon zu Tausenden von Menschen, die sich auf dem Platz versammelt hatten und von dort zum Parlament marschieren wollten.

Die Stimme seiner Mutter war laut und trotzdem sanft. Sie sprach von den Rechten der Menschen in einer funktionierenden Demokratie. Sie sprach von Politikern, die sich für diese Rechte einsetzten, und dann sprach sie von den anderen, die nur ihre persönlichen Interessen verfolgten und nicht dem Volk dienten, sondern denjenigen, die das Volk knechteten und ausbeuteten.

Die Leute streckten die geballten Fäuste hoch. Sie riefen, dass sie das Fundament der Demokratie seien. Sie riefen, dass sie alle aus dem Parlament jagen würden, die dies nicht verstünden. »Ihr habt eure Chance gehabt«, riefen sie. »Wir wollen euch nicht mehr!«

Und Mikas Mutter hob beide Arme und wollte ihnen sagen, dass es ihr Recht sei, an den Absichten ihrer Regierung zu zweifeln, aber in diesem Moment stürmten Männer das Podest und kappten die Kabel, und die Lautsprecher wurden von einem Moment auf den anderen stumm, und während Mikas Mutter lautlos weiterredete, brach auf dem Platz das Chaos aus, und von allen Seiten drangen Polizisten mit Schutzausrüstung gegen die Demonstranten vor und es fuhren Wasserwerfer auf, und aus irgendeinem Grund konnte das Wasser nicht ablaufen und der Platz verwandelte sich in einen See mit einer einzigen kleinen Insel, auf der seine Mutter stand, umringt von vielen Leuten.

Mika riss sich seine schmutzige Kleider vom Leib und

schwamm durch den See zur Insel, aber als er dort ankam, war niemand mehr da.

Er rief nach seiner Mutter.

Er wachte mitten in der Nacht auf. Sein Mund war ausgetrocknet.

Er setzte sich auf und griff nach der Wasserflasche, in der sich nur noch ein kleiner Rest Wasser befand.

Er trank einen Schluck. Mehr nicht. Schaute zu Julia hinüber. Sie hielt den kleinen Hund im Arm.

Irgendwann schlief er wieder ein.

✪

Das Gebäude war aus Lehmziegeln gebaut und stand mitten in der winddurchpeitschten Ebene.

Sie bemerkten es schon aus weiter Ferne, als es zuerst noch aussah wie ein riesiges Schiff in flirrenden Luftströmen, die das Land überschwemmt hatten.

Später erkannten sie die Umrisse als ein Gebäude oder als ineinander verschachtelte Gebäude, die zum Teil von den Resten einer hohen Mauer umgeben waren. Nachdem sie seit Monaten nichts anderes mehr gesehen hatten als kleine Hütten, kam ihnen dieser Bau riesengroß und, umgeben von einer fast mystischen Einsamkeit, so geheimnisvoll vor, dass sie nicht weiter der Straße folgen konnten, die etwa einen Kilometer davon entfernt nach Nordwesten führte.

Ein schmaler Karrenweg zweigte nach rechts von der Straße ab, zwei alte, tiefe Radfurchen, in denen sich Flugsand angesammelt hatte. Als ob der Weg irgendwelchen Hindernissen hätte ausweichen müssen, machte er einige Kurven durch die Ebene, in der nichts anderes aus dem hohen Gras aufragte als die Lehmmauern und die Gebäude mit den kleinen dunklen Fenstern, zu denen der Karrenweg hinführte.

Sie blieben bei der Abzweigung stehen.

Der Wind, der vom Südwesten her über die Ebene wehte, trieb Staubschleier über den heißen Asphalt der Straße. Der kleine Hund legte sich hechelnd in einen Schattenstreifen am Straßenrand, dort, wo aus irgendwelchen unerfindlichen Gründen das hohe Gras noch ein bisschen grün war.

Die Zunge hing dem kleinen Hund aus dem Maul. Er sah Julia an, dann Mika, dann wieder Julia. Seine dunklen Augen glänzten. An seiner Schnauze klebte Sand.

Mika nahm die Wasserflasche von seinem Gürtel, öffnete den Verschluss und träufelte sich ein bisschen Wasser in seine linke Hand, die er zur Schale geformt hatte.

»Komm her, Hund«, sagte er. Seine Stimme klang spröde. Das Atmen der heißen, staubigen Luft den halben Tag hindurch hatte seine Kehle ausgetrocknet.

Er kauerte sich nieder und ließ den Hund das Wasser aus seiner Hand lecken. Der kleine Hund wollte nicht mehr aufhören, seine Hand zu lecken. Einmal hielt er kurz inne, sah Mika an, dann die Wasserflasche. Mika gab ihm noch ein wenig vom Wasser, dann reichte er die Flasche Julia.

»Sollte es dort drüben kein Wasser geben, werden wir nicht mehr weit kommen«, sagte Julia.

»Wir finden Wasser.«

»Das sagst du nur, weil du mir Mut machen willst.«

»Das brauche ich nicht. Du hast genug Mut.«

Julia trank einen Schluck und gab ihm die Flasche zurück. Mika trank nicht.

»Du solltest unbedingt trinken, Mika.«

»Nicht jetzt. Zuerst sehen wir nach, was es dort drüben gibt. Es sieht zwar nicht danach aus, aber vielleicht leben Menschen dort.«

»Danach sieht es wirklich nicht aus. Es sieht eher danach aus, als ob Geister in diesem alten Gemäuer hausen würden.«

»Wir werden sehen.« Mika hängte die Flasche an seinen Gürtel. »Komm.«

»Bist du sicher, dass wir dorthin gehen sollen?«

»Was willst du sonst tun? Diese Straße führt nirgendwohin, das siehst du doch.«

»Und wenn wir kein Wasser finden?«

»Dann schützen uns diese alten Mauern wenigstens vor dem Wind in der Nacht.«

»Hast du keine Angst?«

»Angst? Wovor?« Mika lachte leise auf. »Vor den Geistern?«

»Nein, das meine ich nicht. Angst, dass wir hier draußen in dieser Einsamkeit sterben werden.«

»Wir werden nicht sterben.«

»Bist du sicher?«

»Ja.«

»Gut. Dann gehen wir.«

Sie schwenkten auf den schmalen Pfad ein, beide einer der Radfurchen folgend. Sie waren müde. Niedergeschlagen. Ihre Vorräte waren aufgebraucht. Die letzte ihrer Wasserflaschen beinahe leer.

Der kleine Hund war mager geworden. Die Schultern und die Hüftknochen traten ihm bei jedem Schritt spitz durch das Fell.

Er trottete ihnen hinterher, zuerst blieb er nur ein paar Meter zurück, dann immer weiter. Manchmal warteten sie auf ihn.

Ein Kilometer im Wind und in der späten Nachmittagssonne.

Die Mauern vor ihnen warfen lange Schatten durch das sich im Wind biegende Gras.

Es dauerte fast eine halbe Stunde, bis sie die ersten niedrigen Mauern erreichten, die sich ein Stück weit den Karrenweg entlangzogen. Dann folgten Überreste einer hohen Umfassungsmauer. Ihre Schritte im Schatten der Mauer führten sie zu einem Torbogen, durch den Sonnenlicht über die Radfurchen fiel.

Mika und Julia blieben vor dem Durchgang stehen.

»Spürst du das, Julia?«, flüsterte Mika.

»Was?«, gab sie ebenso leise zurück.

»Ich weiß auch nicht, was es ist. Es ist, als ob wir nicht allein hier wären.«

»Keine einzige Spur im Sand. Keine Fußabdrücke. Nichts.«

»Vielleicht wäre es doch besser, wenn wir von hier weggingen.«

»Nein, Mika. Vielleicht gibt es hier wirklich Wasser.« Julia nahm den Hund auf den Arm.

»Ist hier jemand?«, rief sie durch den Torbogen ins goldene Licht, das seinen Ursprung im Inneren des Gebäudes zu haben schien.

Julias Stimme wurde vom Wind verweht.

»Wenn hier jemand ist, wir sind nur zwei junge Leute, die sich verirrt haben« rief Julia etwas lauter als zuvor. »Vor uns braucht niemand Angst zu haben. Wir besitzen keine Waffen und haben nicht die Absicht, jemandem ein Leid zuzufügen.«

Nachdem ihre Stimme verhallt war, warteten sie vergeblich auf eine Antwort. Nur der Wind, der sich an den alten Lehmmauern rieb, war zu hören. Kein anderes Geräusch. Kein Laut.

Mika wagte sich zuerst durch den Torbogen. Das Licht blendete ihn. Es war die Sonne, die schon tief stand und überall dort durch die Gebäuderuinen schien, wo es zwischen den Mauerresten Lücken gab.

Sie gingen leise durch eine dieser Lücken, eine schmale Gasse, die zu einem Innenhof führte.

Der kleine Hund auf Julias Arm begann plötzlich zu zittern und leise zu winseln.

»Da stimmt was nicht«, flüsterte Julia.

Sie umfasste mit ihrer Hand die Schnauze des Hundes, so wie es damals der Junge getan hatte. Der Hund wehrte sich nicht gegen den sanften Druck.

»Bleib hier«, raunte Mika ihr zu.

»Nein, ich komme mit dir.«

»Du sollst hierbleiben.«

Als er weiterging, folgte sie ihm dichtauf.

Ihr Herz begann wie wild zu schlagen. Das spürte auch der kleine Hund. Nach etwa zwanzig Metern erreichten sie das Ende der Gasse. Von der Sonne geblendet betraten sie einen Innenhof von paradiesischer wilder Schönheit. Ein Garten, wie sie zuvor noch nie einen gesehen hatten, Bäume von sattem Grün, die sich aus dem Schatten der Mauern zum Licht reckten und über den Büschen und Gräsern und dem bunten Blumenteppich ein schützendes Dach vor der erbarmungslosen Hitze der Sonne bildeten.

Mika und Julia verharrten, wagten kaum zu atmen, starrten im Innenhof umher, in diesem Gewirr von Ästen und schlanken Stämmen, von Gräsern und Büschen mit Blüten und Früchten.

Die Erde roch feucht und irgendwo im hinteren Teil des Innenhofes perlte Wasser an fächerartigen Blättern, und ganz leise vernahmen sie ein Sprudeln, das aus dem dunkelsten Winkel des Gartens zu kommen schien.

Julia entdeckte einen Vogel in den ineinander verschlungenen Ästen eines Baumes, von dem dunkelrote Früchte hingen. Der Vogel, klein und unscheinbar, putzte mit dem Schnabel das Gefieder unter einem seiner Flügel.

»Julia, das wächst nicht von alleine«, flüsterte Mika. »Es ist jemand hier, das spüre ich ganz deutlich.«

»Ich auch, Mika. Es ist, als ob mich jemand berühren würde. Jemand, der uns sieht, ohne dass wir ihn sehen können.«

»Der Gärtner. Der, der dies alles erschaffen hat.«

»Sollen wir weggehen?«

»Jetzt nicht mehr. Wir brauchen unbedingt Wasser und Lebensmittel. Beides gibt es hier, anscheinend in Hülle und Fülle.«

Mika nahm die Flasche vom Gürtel, öffnete den Verschluss

und hielt sie mit einer Hand hoch. Dann kippte er sie langsam, bis der kleine Rest Wasser aus ihr herauslief.

»Wir wollen nicht viel«, rief er und seine Stimme drang bis in die hintersten Winkel des alten Gemäuers. »Ein bisschen Wasser nur. Und etwas zu essen. Dann machen wir uns wieder auf den Weg.«

Seine Stimme verstummte, als ob der Garten sie in sich aufgesogen hätte. Danach war wieder diese Stille mit dem leisen Plätschern und Gurgeln, mit den Lauten, die irgendwelche Tiere machten, mit dem leisen Geräusch des Windes, der draußen über die Ebene blies.

Nichts anderes war zu hören. Nichts rührte sich.

Mika senkte die Hand mit der Wasserflasche. Er machte den Verschluss nicht mehr zu und sah Julia an.

»Komm«, sagte er entschlossen.

»Was willst du tun?«

»Den Gärtner suchen.«

Mika schickte sich an weiterzugehen, aber er machte nur einen Schritt, dann ließ ihn eine Stimme erstarren.

»Ich könnte euch beide töten, wenn ich wollte«, sagte die Stimme, die von überall und nirgendwo kommen konnte.

»Warum tun Sie es nicht?«, fragte Julia nicht sehr laut, und trotzdem war es überall im Innenhof zu hören. »Wenn Sie uns getötet haben, sind Sie wieder allein und einsam und …

»Nein, nein«, schnitt ihr Mika das Wort ab. »Es wäre wirklich sinnlos, uns zu töten. Stattdessen könnten Sie uns ein wenig von Ihrem Wasser geben und vielleicht eine oder zwei von diesen Früchten dort.«

»Wer seid ihr?«

»Ich heiße Mika. Das ist Julia. Der Hund heißt Hund.«

»Wie kommt ihr hierher?«

»Zu Fuß. Wir sind die ganze Zeit der Straße gefolgt.«

»Und wohin wollt ihr?«

»Wir folgen der Straße.«

»Es ist unsere Traumstraße«, sagte Julia müde.

»Eure Traumstraße? Wisst ihr denn nicht, wohin sie führt?«

»Nein. Das wissen wir nicht. Sie vielleicht?«

Die Stimme war nicht zu hören.

»Wissen Sie es vielleicht?«, hakte Mika nach.

»Ja, ich weiß es. Eure Traumstraße führt von einer Hölle in die andere.«

»Schöne Aussichten«, murmelte Julia. »Wie kommen Sie darauf, dass das so ist, wie Sie es sagen?«

»Weil ich einmal auf der gleichen Traumstraße gegangen bin.«

»Bis hierher? Zu diesem kleinen Paradies. Oder ist es etwa eine kleine grüne Hölle?«

»Es ist mein Paradies«, sagte die Stimme. »Mein Paradies.«

Irgendwo im Gestrüpp raschelte es. Dann tauchte im Schatten einer der Mauern ein Mann auf.

Kein sehr großer Mann, aber auch kein kleiner. Ein Mann, der bis auf einen Lendenschurz nackt war, mit spindeldürren Beinen und ebensolchen Armen, mit schlaffen Brüsten über den Rippen und mit einem verfilzten Gewirr von grausträhnigem Haar auf dem Kopf. Runzelige und fleckige Haut am ganzen Körper und an den Armen und Beinen.

In den Händen hielt der Mann eine nicht sehr lange und nicht sehr dicke schwarze Schlange, bei deren Anblick sich in Mikas Nacken die Haare aufrichteten.

Der Mann blieb stehen.

Die Schlange fing an, sich ihm vom Handgelenk um den Unterarm zu winden.

»Wer sind Sie?«, fragte Julia den fast nackten Mann argwöhnisch.

»Ich bin tatsächlich der Gärtner hier«, sagte er.

»Und die Schlange?«

Der Mann warf einen kurzen Blick auf die Schlange an seinem Arm.

»Ist sie giftig?«

Er nickte.

»Sehr«, sagte er.

»Dann sollten Sie sehr behutsam mit ihr umgehen«, schlug Julia vor.

»Das tue ich. Sie ist meine Freundin und meine Beschützerin.«

»Und wovor, wenn ich mal fragen darf, soll sie Sie beschützen?«

»Vor denen, die von draußen kommen.«

»Vor Leuten wie uns?«

»Vor allen, die aus einer der Höllen kommen«, antwortete der Mann und jetzt klang in seiner Stimme so etwas wie eine leise Warnung. Oder eine Drohung.

»Dürfen wir unsere Wasserflasche vollmachen? Dann gehen wir wieder«, sagte Mika.

Der Mann schien sich Mikas Frage zu überlegen. Nach einigen Sekunden hob er seine linke Hand.

»Folgt mir«, sagte er, drehte sich um und ging durch sein Paradies und durch eine schmale Lücke in einer der Mauern, hinter denen die Sonne nun untergegangen war.

Mika und Julia sahen sich an.

»Bald ist es dunkel, Mika«, flüsterte Julia.

»Komm.« Er nahm Julia beim Arm und zog sie mit sich auf die Mauerlücke zu, in der der Gärtner verschwunden war.

✪

Eine Treppe führte ins Innere der Erde.

Mit jeder Stufe, die Mika und Julia hinunterstiegen, entfernten sie sich nicht nur zeitlich und räumlich vom Paradies, nein, auch ihr Bewusstsein und damit die Fähigkeit, die Dinge so zu sehen, wie sie waren, schien sich Stufe für Stufe zu verändern.

Fast schwerelos in Geist und Körper und mit der Neugier und der Angst kleiner Kinder näherten sie sich dem flackernden Lichtschein, der vom unteren Ende der Treppe her in den schmalen Schacht drang, ohne ihnen, wie das eine Lampe hätte tun können, den Weg zu weisen.

Es gab nur diesen einen Weg, die Treppe in einem Schacht, den jemand mit groben Werkzeugen aus dem steinigen Erdreich gehauen hatte, die Stufen ausgetreten und schief, sodass jeder Schritt mit Vorsicht gesetzt werden musste.

»Wir sollten umdrehen und zurückgehen«, hörte sich Mika in die bleierne Stille hinein sagen, als sie schon beinahe am Ende der Treppe angekommen waren.

»Wohin zurück?«, antwortete ihm Julia. »Was ist zurück?«

»Die Treppe hinauf, Julia.«

»Aber ich will wissen, was dort unten ist.«

»Du weißt, was dort unten ist.«

»Die Hölle.«

»Was ist die Hölle?«

»Das weiß ich nicht. Aber ich bin neugierig, Mika.«

»Worauf? Die Hölle ist kein angenehmer Ort.«

Sie gingen weiter, von Neugier getrieben, angelockt vom Licht und von der geheimnisvollen Stille, in der nichts zu hören war, nicht einmal ihr eigener Herzschlag oder ein verhaltener Atemzug.

Hellwach machte sie diese Stille, in der das leiseste Geräusch ohrenbetäubend gewesen wäre, und gleichzeitig benommen, als wären sie eingetaucht in eine traumähnliche Trance, aus der nur dann ein Entkommen möglich gewesen wäre, wenn sie jemand zurück in die Wirklichkeit geführt hätte.

Am Ende der Treppe befand sich ein Durchgang, schmaler noch als der Treppenschacht. Eine Tür aus Stahl stand sperrangelweit offen. Im Lichtschein bewegten sich mit körperloser Leichtigkeit Schatten, die der Dunkelheit entrissen wurden und wie Motten im Licht tanzten, angezogen von den Flammen der Wandfackeln.

Mika und Julia standen im Raum des Lichtes und der Schatten, sahen nicht mehr als Umrisse der Menschen, die sich hier versammelt hatten, eine Gruppe von seelenlosen Toten, allesamt mit leeren Augenhöhlen, einige mit weit aufgerissenen Mäulern, mit einem stummen Schrei auf den ledernen Lippen, andere den Mund zu einem Grinsen verzogen, die Gesichter Grimassen, mit denen sie sich von dieser Welt verabschiedet hatten.

Mika und Julia wagten kaum zu atmen.

Dieses Horrorkabinett der Seelenlosen musste einen Schöpfer haben, einen, der sie hierher gelockt hatte, um selbst der ewigen Einsamkeit ein Ende zu bereiten.

Obwohl sie tot waren, hauchten ihnen das Licht der Fackeln und die Schatten Leben ein, ohne Wärme, ohne Menschlichkeit und ohne die Sehnsucht, irgendwann wieder aufzuwachen und sehen zu können. Sie waren für immer in dieser Hölle gefangen.

Der Schrei eines Raubvogels ließ Mika und Julia zusammenfahren. Unwillkürlich duckten sie sich, streckten wie zur Abwehr die Hände über sich, versuchten ihre Augen zu schützen, aber der Vogel, von dem sie nicht mehr als die Umrisse sahen, flog ohne Flügelschlag über sie hinweg und kreiste zurück zum Gärtner, der nun plötzlich im Licht stand, nur einige Meter von Mika und Julia entfernt. Der Vogel, es schien ein Falke zu sein, setzte sich auf den hochgehaltenen und angewinkelten Arm des Mannes, legte seine Flügel an den schlanken Körper und erhielt von seinem Meister zur Belohnung ein Stück rohe Leber.

»Wahrer Mut muss belohnt werden«, sagte der Mann. »Ich halte das für eine der wertvollsten Gaben eines jeden Wesens, ganz gleich ob Tier oder Mensch.«

Der Mann kam auf sie zu. Blieb vor ihnen stehen. Lächelte.

»Ihr fragt euch vielleicht, wohin ihr auf eurem Weg gekommen seid und ob er von hier noch weiterführen wird. Die Antwort, die ich euch geben kann, ist eine einfache: Wenn ihr weitergehen wollt, geht ihr weiter. Wenn ihr hierbleiben wollt, bleibt ihr hier. Die ...«, der Mann machte mit dem freien Arm eine weit ausholende Bewegung, »... die, die sind alle hiergeblieben, weil sie nicht mehr weiterwollten.«

»Wer sind sie?«, fragte Julia mit zitternder Stimme. »Haben Sie sie etwa umgebracht?«

»Denkst du, dass ich fähig wäre, so etwas zu tun?« Der Mann verneinte seine eigene Frage mit einem Kopfschütteln. »Nein, die sind vor langer, langer Zeit gestorben. Wahrscheinlich im vergangenen Jahrhundert, als hier Kriegshorden durchzogen und in diesen heiligen Ort eindrangen.«

Mika und Julia betrachteten die mumifizierten Leichen.

»Wissen Sie, wer sie waren?«

»Nein. Sie lagen allesamt in einer Gruft, in ölige Tuchstreifen eingewickelt, als ob jemand versucht hätte die Leichen einzubalsamieren. Es hat Wochen gedauert, bis ich sie alle ausgepackt und gesäubert hatte. Jetzt stehen sie da, meine Freunde, blind, taub und stumm.«

»Und wer hat ihnen dann die Augen ausgehackt?«

»Das lässt sich nicht mehr mit Sicherheit sagen. Diese menschlichen Körper sind relativ gut erhalten. Aber es fehlen ihnen die Augen, die Zunge und die Ohren. Es kann sein, dass ihre Mörder sie in dieser Art verstümmelt haben, weil sie sie sich davor fürchteten, ihnen im Jenseits zu begegnen und von ihnen erkannt zu werden.«

»Wovor hätten sie sich denn im Jenseits fürchten müssen?«

»Das ist eine gute Frage, Junge. Ihre Mörder müssen Soldaten oder Söldner gewesen sein, die wahrscheinlich im Namen ihres Gottes Krieg führten. Und dabei auch nicht vor der Heiligkeit dieses ehemaligen Klosters haltgemacht haben.«

»Warum haben sie dann diese Mönche getötet? Sie waren doch Mönche, nicht wahr?«

»Vermutlich schon. Diese ineinander verschachtelten Räume und Hallen müssen einmal Gebetsräume gewesen sein. Sogenannte Klausen. Das geht aus den Artefakten hervor, die ich hier gefunden habe. Aber diese Toten trugen keine Gewänder oder Kutten. Sie waren nackt in die Tuchstreifen eingewickelt, ohne ein Kruzifix oder ein anderes Zeichen, dass sie vielleicht Diener eines Gottes waren.«

»Dann wissen Sie nichts von ihnen und von ihren Mördern.«

»Ich weiß, dass diese Straße im vergangenen Jahrhundert gebaut wurde, damit Kriegsmaterial und Truppen schneller von Norden in den Süden gelangen konnten oder von Süden in den Norden. Hier in der Nähe befindet sich ein Schlachtfeld. Zwischen Wracks von Panzern und Haubitzen, Lastwagen und Jeeps ist der Boden mit Gebeinen der Toten übersät. Tausende müssen dort gestorben sein, mitten in dieser Einöde, in der eine blutigen Schlacht im Namen Gottes zum wahren Irrsinn wird.«

»Sie wissen auch nicht, um was es bei dieser Schlacht gegangen ist.«

»Nein, das weiß ich wirklich nicht, Junge. Es gibt hier nichts von Wichtigkeit. Aber gäbe es einen Gott, hätte man ihn auch in dieser Schlacht zum Mörder gemacht, indem man sie in seinem Namen ausgefochten hat.«

»Wir sind nicht gekommen, um mit Ihnen über Gott zu reden«, entgegnete Mika dem Mann in der Sorge, dass Julia und er hier möglicherweise bösen Mächten ausgeliefert waren und nicht mehr wegkommen würden. »Was wir brauchen, ist ein bisschen Wasser und vielleicht etwas zu essen, wenn sie von ihrem Vorrat etwas entbehren können. Und vielleicht sagen Sie uns auch, wohin diese alte Straße führt, damit unsere Hoffnung nicht stirbt, irgendwann irgendwo anzukommen.«

»Wohin wollt ihr denn?«

»Wir folgen dieser Straße seit mehreren Wochen. Sie sind

seit Langem der erste Mensch, dem wir begegnen. Dies ist das erste Gebäude, das wir zu sehen bekommen. Wir wollen nicht hierbleiben, sondern weitergehen.«

»Es ist Abend und es wird schnell dunkel. Im Dunkel dort draußen lauern viele Gefahren.«

»Wir fürchten uns nicht vor der Dunkelheit.«

»Trotzdem lade ich euch ein, hierzubleiben. Wir werden gemeinsam speisen und ihr könnt euch den Bauch vollschlagen mit wilden Früchten. Und mit Gemüse. Es gibt hier alles, außer Fleisch. Ich bin Vegetarier. Genauer gesagt, ich bin ein vegetarischer Atheist.«

»Sie glauben wirklich nicht an Gott?«, zweifelte Julia.

»Auch esse ich kein Fleisch«, antwortete der Mann. »Was ist so schlimm daran, dass du mich deswegen verurteilen müsstest?«

»Das tu ich nicht, doch ich bin sicher, dass es einen Gott geben muss.«

»Julia meint, dass wir ohne Gott vielleicht verloren wären«, erklärte Mika.

»Nein, das meine ich nicht«, widersprach ihm Julia. »Ich meine, dass es ihn einfach gibt, ohne Wenn und Aber.«

»Du bist eine Heilige, mein Kind.« Der Mann schüttelte die Schlange von seinem Arm. Sie verschwand in einer Spalte am Boden. »Sag mir, welcher Gott denn der deine ist?«

»Jesus Christus«, sagte Julia, ohne zu zögern. »Der Sohn Gottes, sein Vater und der Heilige Geist.«

Der Gärtner lachte spöttisch. »Ich glaube an Satan. Ich glaube, Satan ist der wahre Gott, der es satthatte, von uns missbraucht zu werden. Jetzt wartet er auf jeden Einzelnen von uns in seinem Feuerschlund, in dem er unsere Seelen verbrennt, als wären sie nur ein Stück Papier mit unserer Unterschrift drauf.«

»Dann wird er auch Ihre Seele bekommen.«

»Darauf bin ich im Gegensatz zu den meisten Menschen

vorbereitet, mein Kind. Ich weiß, was geschehen wird. Die Ewigkeit ist Verdammnis.«

»Es gibt kein Paradies?«, wollte Mika einlenken. »Das ist es, was Sie uns sagen. Dass die Straße hier endet.«

»Hier? Wo ist hier und wo ist dort? Ich bin zu alt, Ziele zu haben. Ich bin sogar zu alt, Träume zu haben. Ich weiß, dass ich hier sterben werde, aber solange ich lebe, wird mich hier niemand finden.«

»Wir haben Sie gefunden.«

»Nein, ihr habt mich nicht gefunden. Wenn ihr von hier weggeht, werdet ihr vergessen haben, dass dieser Ort existiert und dass es mich gibt. Und selbst wenn ihr zurückkehren wolltet, ihr würdet diesen Ort und mich nicht wiederfinden.«

»Es ist kein Traum, in dem wir leben«, begehrte Julia auf. »Wir leben und Sie leben. Es gibt diesen Ort. Niemand wird ihn aus unserer Erinnerung auslöschen können.«

»Dann braucht ihr auch keine Angst zu haben, die Nacht hier zu verbringen. Hier droht euch nicht die geringste Gefahr.«

»Von wem denn sollte uns dort draußen Gefahr drohen?«

»Von denen im Wind und von denen in der Finsternis. Von denen, über die alle wissen, dass es sie gibt, obwohl wir noch nie einen von ihnen gesehen haben.«

»Sie haben uns bisher in Ruhe gelassen, alter Mann. Es sind unzählige Nächte, die wir im Dunkeln verbracht haben.«

»Diese Nacht ist eine andere. Seht euch nur einmal meine Freunde an.« Er zeigte auf die lederhäutigen Leichen. »Die Angst ist ihnen ins Gesicht geschrieben.«

»Sie sind tot. Ihre Seelen sind längst verbrannt. Sie brauchen sich vor nichts mehr zu fürchten.«

»Wir bitten Sie um etwas Essen und darum, unsere Flasche mit Wasser aus ihrem Brunnen vollzumachen.«

»Wenn ihr bleibt, werdet ihr am Morgen belohnt werden«, versprach ihnen der Mann.

Mika sah Julia an. Der kleine Hund in ihren Armen zitterte am ganzen Leib.

»Ihre Einsamkeit ist es, die mir Angst macht«, sagte Julia.

»Du irrst dich, mein Kind. Ich war noch nie einsam, seit ich allein bin. Früher, da ich unter anderen lebte, war das anders.«

»Was haben Sie getan?«, stieß Julia hervor. »Was hat Sie dazu gebracht, sich hier zu verstecken? Sind Sie ein gesuchter Verbrecher? Ein Mörder?«

Sie griff nach Mikas Arm.

»Wir gehen jetzt«, sagte sie. »Bitte verstehen Sie, dass wir nicht hierbleiben können.«

»Lass deinen Freund entscheiden, mein Kind.«

Mika entzog Julia seinen Arm.

»Wir gehen«, sagte er. »Wenn Sie uns kein Wasser geben, gehen wir ohne.«

»Ihr werdet beide sterben.«

»Sie auch«, sagte Julia. »Das ist das Einzige, was ich in Ihren Augen sehe, nämlich dass Ihre Tage gezählt sind.«

Der Mann nickte.

»Es würde mich freuen, wenn du recht hättest, mein Kind.«

Kaum hatte er ausgesprochen, kreischte der Falke auf seinem Arm. Es war ein spitzer, lang gezogener Schrei, der Mika und Julia durch Mark und Bein drang, ein Schrei, der sich in einem leisen bedrohlichen Grollen verlor. Aus der Tiefe der Erde schien es zu kommen, von dort, wo nur Böses herkommen konnte.

Der Falke hob sich vom Arm und flog auf die Öffnung zu, von der die Treppe hinaufführte in den üppigen Garten.

Mika und Julia vernahmen ein Zittern unter ihren Füßen, ein leises Beben, in dem das Grollen seinen Ursprung zu haben schien, eine Quelle, aus der anstatt sprudelndem Wasser loderndes Feuer quoll.

Die mumifizierten Leichen begannen zu schwanken, als hauchte ihnen das Böse neues Leben ein. Was immer sie bisher aufrecht gehalten hatte, vermochte sie nicht mehr zu stützen. Mit schlenkernden Gliedern lösten sie sich von ihren eigenen Schatten an der Wand und taumelten im Raum umher wie Marionetten an unsichtbaren Drähten.

»Flieht!«, rief der Mann Mika und Julia zu. »Meine Welt geht unter!«

Mika streckte die Hand nach ihm aus.

»Kommen Sie mit uns!«, rief er. »Hier unten werden Sie lebendig begraben werden, wenn oben die Mauern einstürzen.«

»Rettet euer eigenes Leben!«, drängte der Mann mit krächzender Stimme. Von den Wänden brachen Stücke von Erdreich, die auf dem Boden zersprangen. Staub hob sich vom Boden, wo sich plötzlich Risse auftaten.

Die Erdkruste schien auseinanderzubrechen.

»Geht, bevor es auch für euch zu spät ist!«

Mika ließ den Arm sinken. Er bemerkte, dass Julia bereits am Fuß der Treppe angelangt war und sich dort nach ihm umdrehte.

»Komm, Mika!«, rief sie ihm zu.

Dann rannten sie die Treppe hinauf. Oben stürzten um sie herum die alten Mauern ein. Der Boden bebte so stark, dass Mika und Julia im Laufen stürzten, sich wieder aufrappelten und weiterrannten, ohne zu sehen, wohin sie rannten.

In der Finsternis und in Wolken von Staub der einstürzenden Mauern schien es, als rannten sie, ohne wirklich voranzukommen.

Als gäbe es diesem Inferno kein Entrinnen.

Sie rannten, bis sie keine Kraft mehr hatten.

Sie ließen sich auf den Boden nieder. Kauerten dicht beieinander, hielten sich fest, den kleinen Hund zwischen sich.

Das Grollen hatte aufgehört.

Die Erde bebte nicht mehr.

In der Dunkelheit glitzerten Sterne. Sie atmeten frische

Luft, und als der Mond aufging, sahen sie den Falken, einen lautlosen Schatten in der Stille der Nacht.

Seinen Schrei hörten sie erst, als er nicht mehr zu sehen war.

✪

Sie verbrachten die Nacht ohne Schutz.

In der Hoffnung, Wasser oder Essbares zu finden, wühlten sie am Morgen in den Trümmern herum, gruben sich durch Schutt aus Steinen, Lehm und Kieselgeröll, die einmal zum Bau der Mauern benutzt worden waren.

In der brütenden Sonne des Mittags entdeckten sie in einem Erdloch einen Behälter aus geflochtenen Weidenruten, in dem Nüsse aufbewahrt worden waren. Eine Handvoll von ihnen befand sich noch darin. Außerdem fanden sie die Überreste eines Kürbisses und zwei der dunkelroten Früchte, die ihnen im Garten aufgefallen waren, als sie ihn betreten hatten.

In einer Sandmulde lagen einige Kartoffeln, und Mikas Finger gruben sich in feuchte Erde, als er die Hoffnung, doch noch auf Wasser zu stoßen, schon aufgegeben hatte.

Mit neuer Kraft grub er sich mithilfe spitzer Steine tiefer ins Erdreich. Julia kam ihm zu Hilfe, aber sosehr sie sich auch anstrengten, irgendwann mussten sie völlig erschöpft aufgeben.

Die Sonne stand jetzt in ihrem Zenit und brannte erbarmungslos auf sie nieder.

Beim kleinen Rest einer Mauer, dort, wo sie so lange gegraben hatten, kauerten sie sich im Schatten nieder, knackten die harten Nussschalen mit Steinen und aßen die bitter schmeckenden Nüsse. Sie aßen auch eine Frucht, deren dünne Haut bitter schmeckte und sich am Gaumen pelzig anfühlte. Das Fruchtfleisch selbst war süß und schmeckte wie keine andere

Frucht, die sie jemals gegessen hatten oder an die sie sich noch erinnern konnten. Das Einzige, was sie nicht essen konnten, waren die rohen Kartoffeln.

»Mika.«

»Ja?«

»Mika, ohne Wasser sind wir verloren.«

»Wenn es hier Wasser gab, gibt es auch in der Nähe welches. Wir dürfen nur nicht aufgeben, Julia.«

»Wir geben nie auf, Mika. Das weißt du doch.«

Sie umarmten sich. Der kleine Hund humpelte in der Hitze über die Schutthügel. Die Zunge hing ihm lang aus dem Maul. Sein Fell war staubbedeckt. An der rechten hinteren Pfote hatte er eine Verletzung.

»Wann gehen wir weiter, Mika?«

»Bald.«

»Wie bald?«

»Bald. Sobald die Hitze etwas nachgelassen hat.«

»Am Abend.«

»Früher. Wir können nicht hierbleiben. Die Straße ist dort drüben. Wir müssen zur Straße zurück.«

Sie schwieg.

»Denkst du an den seltsamen Mann?«, fragte er sie.

»Ja. An das, was er gesagt hat. Dass wir uns an nichts mehr erinnern werden. Er hat sich geirrt. Ich kann mich an alles erinnern, Mika.«

»Weil vieles stimmt, was er gesagt hat.«

»Nicht das mit Satan. Das kann nicht stimmen.«

»Wahrscheinlich nicht.«

»Es kann nicht stimmen, Mika.«

»Ich weiß es nicht. Ich glaube, in der Bibel habe ich sogar gelesen, dass Satan so was wie ein Engel war.«

»Glaubst du, dass es Engel gibt, Mika?«

»Wahrscheinlich schon.«

»Warum sagst du immer ›wahrscheinlich‹?«

»Weil ich es nicht wirklich weiß.«

»Nichts was mit Religion zu tun hat, kann man wirklich wissen.«

»Das stimmt. Und deshalb sage ich wahrscheinlich.«

»Du hast ja recht.«

»Weiß ich nicht. Aber deshalb muss man glauben. Wenn man wüsste, dass das alles wahr ist, was mit Religion zu tun hat, müsste man nicht mehr glauben. Dann wüsste man, dass es wahr ist, und es wäre alles viel einfacher. So aber, so bestehen immer Zweifel.«

»Der Mann – glaubst du, dass er Gott verleugnet hat?«

»Nein. Wahrscheinlich nicht.«

»Der Mann wollte wissen, wohin wir gehen, aber wir konnten ihm keine Antwort geben.«

»Ich hätte ihm schon eine Antwort geben können.«

»Wie hätte deine Antwort gelautet, Mika?«

»Dass unser Leben ein Traum ist und nichts wirklich existiert, nicht einmal wir selbst.«

»Ich weiß, dass es uns gibt.«

»Bist du sicher?«

»Sehr sicher. Ich spüre dich, wenn ich dich berühre.«

»Ist das der einzige Beweis, dass es uns gibt?«

»Nein, aber er genügt mir.«

✪

»Mika.«

»Ja?«

»Hast du geschlafen?«

»Ja. Ich glaube schon, dass ich geschlafen habe.«

»Ich auch. Ich habe geträumt. Wir haben ein tiefes Loch gegraben, bis wir im Raum mit den Toten ankamen. Sie waren dabei, den Mann zu fressen.«

»Die Toten waren dabei, ihn zu fressen?«

»Ja. Sie hatten ihre Augen und Ohren wieder. Und auch ihre Zungen. Sie reichten uns eine Schale mit Blut.«

»Haben wir davon getrunken?«

»Ja. Du zuerst. Dann ich. Das Blut roch wie Wein.«

Mika leckte seine spröde Unterlippe.

»Siehst du, Julia?«

»Was soll ich sehen?«

»Vielleicht war es gar kein Traum.«

»Blödsinn, Mika, ich habe geschlafen. Es war alles nur ein schrecklicher Traum, so schrecklich wie damals, als du geträumt hast, deine Mutter hätte keine Augen mehr. Ich glaube, nur wach sein kann noch schrecklicher sein.« Julia erhob sich. Der kleine Hund lag dort, wo er sich hingelegt hatte. Sie ging zu ihm und hob ihn vom Boden auf.

Mika sah, wie sie ihn an sich drückte und sachte streichelte.

»Ist er gestorben?«, fragte er sie.

»Nein. Aber ich glaube nicht, dass er noch lange leben wird.«

Sie nahmen ihre Sachen und gingen zur Straße zurück.

Es war später Nachmittag, aber es wurde erst kühler, als die Sonne untergegangen war.

Dann wurde es kalt.

In der Nacht sahen sie in der Ferne ein Feuer.

»Wo ein Feuer ist, sind Menschen«, sagte Mika. »Wir gehen weiter, bis wir dort ankommen.«

Und so schleppten sie sich durch die Nacht.

Der Feuerschein wies ihnen die Richtung. Es schien, als führte die alte Straße geradewegs darauf zu.

Manchmal hielten sie an, weil sie keine Kraft mehr hatten, weiterzugehen. Völlig erschöpft ließen sie sich nieder. Die Kälte durchdrang ihre Kleider und nagte an ihnen, raubte ihnen die wenige Energie. Sie fingen an zu frieren.

»Ich will nicht mehr weiter«, sagte Mika einmal. »Es scheint, als ob wir dem Feuer gar nicht näher kommen.«

»Wir kommen ihm näher, Mika. Schritt für Schritt.«

Sie gingen weiter. Dann verlöschte das Feuer.

Sie gingen trotzdem weiter, und als der Tag graute, im ersten fahlen Licht, das vom Osten her über die weite Ebene kroch, entdeckten sie in der Nähe der Straße ein Auto und einen Kleinlaster und einige Pferde und Esel.

Zwei Zelte standen dicht beisammen zwischen dem Auto und dem Laster. Wäsche hing an einer Leine im Wind, der hier auch die Nacht hindurch wehte.

Hunde schlugen an. Wütende Hunde. Ängstliche Hunde.

Die Pferde, die an einer Leine festgemacht waren, begannen nervös zu werden und tänzelten an den Stricken, die zur Leine führten.

Ein kleines Kind begann zu weinen und verstummte wenige Sekunden später – von der Hand seiner Mutter zum Schweigen gebracht.

Taschenlampen leuchteten in die Richtung, wo Mika und Julia auf der Straße standen und es nicht mehr wagten, weiterzugehen.

Der Strahl einer der Lampen streifte sie, glitt über ihre Gesichter.

»Wer seid ihr?«, rief ihnen einer der Männer zu.

»Mika und Julia!«

»Seid ihr allein?«

»Ja. Es ist nur noch ein kleiner Hund bei uns. Wir haben seit Tagen kein Wasser mehr getrunken. Keinen einzigen Schluck mehr.«

Die Männer redeten miteinander. Und sie redeten auf die bellenden Hunde ein. Und auf die nervös gewordenen Pferde.

»Wir haben Wasser«, sagte der Mann, der vorher gesprochen hatte. »Wer seid ihr?«, fragte Mika.

»Flüchtlinge«, sagte der Mann. »Wir haben unser Dorf verlassen, weil man unsere Häuser angezündet und viele von uns getötet hat.« Der Mann kam ihnen einige Schritte entgegen.

Jetzt konnten sie sehen, dass er bewaffnet war. Er hatte eine doppelläufige Schrotflinte in den Händen.

»Diese Flinte hier ist mit grobem Schrot geladen«, sagte er. »Heutzutage ist leider niemandem mehr zu trauen, deshalb würde ich ohne zu zögern abdrücken, wenn mit euch irgendwas nicht stimmt.«

»Vor uns braucht ihr keine Angst zu haben. Wir sind unbewaffnet und wir brauchen nur ein bisschen Wasser. Wir können euch dafür einige Kartoffeln geben.«

»Kartoffeln?«

»Das ist alles, was wir noch haben. Einige Kartoffeln.«

»Dann geht es euch dreckiger als uns. Kommt her, es wird Tag. Ihr könnt mit uns frühstücken.«

»Frühstücken? Richtig frühstücken?«

»Richtig frühstücken. Wir haben Eier und wir haben Wurst und Brot und Kaffee. Und Wasser haben wir genug. Sogar ein bisschen Milch von unseren beiden Ziegen.«

Mika und Julia gingen auf das Lager der Flüchtlinge zu.

Der Tag graute.

Julia stürzte.

Mika half ihr auf die Füße und stützte sie.

Er bemerkte, wie ihr die Tränen über die Wangen liefen.

»Wir haben nicht aufgegeben, Julia«, sagte er leise und er bemühte sich, seine eigenen Tränen zurückzuhalten.

Die Männer kamen ihnen entgegen. Einige griffen nach ihren Armen, um sie zu stützen.

»Wer seid ihr nur, ihr Kinder?«, fragte eine Frau, die aus einem der Zelte gekommen war. Dann bat sie einen der jüngeren Männer, das Feuer zu entfachen. Der Mann kniete bei der Feuermulde nieder, stocherte mit einem Stock in der Asche herum und legte ein Glutnest frei, über das er trockenes Gras legte. Sachte blies er in die Glut. Dünner Rauch hob sich von den Grasbüscheln, dann züngelten die ersten Flammen hoch.

»Kommt, setzt euch hier in diese Sitze«, sagte einer der Männer.

Beim Feuer standen einige Sitze aus dem Auto und eine Bank aus dem Kleinlaster.

Mika und Julia setzten sich auf die Bank.

Die Frau reichte ihnen beiden eine Tasse und füllte sie mit Wasser aus einer Flasche.

»Trinkt langsam, ihr beiden«, sagte sie. »Es ist genug da.«

»Auch für den kleinen Hund?«, keuchte Julia.

»Selbstverständlich auch für ihn«, sagte die Frau und schickte einen der Männer, einen Blechnapf zu holen. Die Frau nahm Julia den kleinen Hund aus den Armen und streichelte ihm sachte über den Kopf. Dann wandte sie sich ab und entfernte sich einige Schritte.

»Dein kleiner Hund lebt nicht mehr«, sagte sie, ohne sich nach Julia und Mika umzudrehen.

Julia wollte aufstehen, aber dazu fehlte ihr die Kraft.

»Trink, Mädchen«, sagte einer der Männer zu ihr. »Für deinen kleinen Hund kannst du jetzt nichts mehr tun.«

»Gerade hat er noch gelebt«, stieß Julia hervor. »Er kann nicht tot sein, jetzt wo wir da sind.«

Da drehte sich die Frau um und sah sie im flackernden Lichtschein des Feuers an.

»Er ist tot«, sagte sie. »Du und dein Freund hingegen, ihr lebt.«

Julia schwieg. Sie verstand, was die Frau meinte, aber im Moment schien ihr selbst ihr eigenes Leben nur ein schwacher Trost für den Verlust des kleinen Hundes.

Konnte das wirklich sein? Das kostbarste Gut, das ein Mensch besitzt, und trotzdem ein schwacher Trost?

Julia wischte sich mit dem Handrücken die Tränen von den Wangen.

Nein, dachte sie. Das kann es nicht sein.

✪

Die junge Frau, selbst noch fast ein Kind, brachte an diesem Morgen ein Kind zur Welt.

Eine andere Frau, die Erfahrung mit Geburtshilfe hatte, entfernte sich mit ihr ein Stück weit vom Lager, wo sie an zwei Stöcken und einer Schnur ein Stück von einem bunten Vorhang aufhängte, sodass die Geburt in relativer Abgeschiedenheit geschehen konnte.

Die junge Frau versuchte krampfhaft, jeden Laut zu unterdrücken, aber als die Presswehen einsetzte, schaffte sie es nicht mehr, und alle, die im Lager waren, hörten sie leise stöhnen und dann wimmern, und letztlich schrie sie auch, leise nur, aber es war trotzdem ein Schrei. Dann kam das Kind, ein kleines dunkelhäutiges Wesen, etwas blutverschmiert der kleine Körper und der Kopf mit den nassen Haaren und der eingedrückten Nase, aber für die junge Frau war es das schönste Kind, das sie je gesehen hatte. Die Geburtshelferin durchtrennte die Nabelschnur und hielt das Baby an den kleinen krummen Beinchen in die Luft, mit dem Kopf nach unten, und ein kleiner Klaps genügte, um das Kind zum Atmen zu bringen.

»Ist das nicht ein wunderschönes Kind?«, rief sie über den Vorhang hinweg zum Lager. »Du solltest dich schämen für deine düsteren Gedanken, die du in letzter Zeit ohne Rücksicht auf deine Tochter immer wieder laut verkündet hast, Rico.«

Der Vater des Mädchens erhob sich von seinem Platz. »Sie hat einen kleinen Bastard zur Welt gebracht«, murrte er, sodass es alle hören konnten.

»Wenn schon, dann ist es eine Bastardin, du dummer Hund!«, sagte die Frau von hinter dem Vorhang hervor. »Es ist nämlich ein Mädchen und ein hübsches obendrein, auf das du stolz sein könntest, wenn du den Mut hättest, deiner Tochter zur Geburt zu gratulieren, anstatt sie und ihr Kind in die Hölle zu wünschen.«

»Sie ist sechzehn, verflucht! Wenn sie schon ein Kind haben muss, dann von einem von uns.«

»Von dir vielleicht, du Nichtsnutz? Sie war zwölf, als du sie mit ihrem Onkel hast gehen lassen, damit sie auf der Straße in irgendeiner fremden Stadt Geld verdienen konnte. Sie hat dir das Geld geschickt, Rico. Und du hast gut davon gelebt. Jetzt ist sie zurück und sie hat ein Kind, das deine Enkelin ist. Was willst du tun? Deine Drohung wahr machen und dieses kleine unschuldige Geschöpf umbringen?«

»Es wäre nicht schwieriger, als eine Katze umzubringen«, sagte der Mann. »Es gehört nicht zu uns. Niemand weiß, wer der Vater ist. Wir …«

»Hoffentlich einer, der gescheiter ist als du, lieber Himmel!«, rief die Frau. Sie kam jetzt hinter dem Vorhang hervor, das Kind auf ihrem Arm. »Hier, schau es dir zuerst mal genau an, Rico. Vielleicht siehst du, dass dieses kleine Geschöpf ein Stück von dir ist, ganz gleich von wem es deine Tochter empfangen hat.«

Die Frau brachte das Kind zum Feuer und zeigte es zuerst im Kreis herum und die Männer starrten es nur an, als wären sie selbst nie geboren worden. Die Jungen starrten das Kind ebenfalls an und dann schauten sie weg, wussten nicht, was sie sagen sollten, wussten nichts anzufangen mit dem Anblick dieses kleinen runzeligen Menschen mit der dunklen Haut und den roten Flecken im Gesicht und den zugekniffenen Augen und den jetzt schon wild vom Kopf abstehenden schwarzen Haaren.

Doch eine Frau meinte, dass es ein Wunder sei, ein Kind zu gebären, immer wieder ein großes Wunder; und eine der anderen Frauen sagte, dass niemand versuchen sollte, diesem Kind auch nur ein Haar zu krümmen.

»Hast du das verstanden, Rico? Wir Frauen, wir sind die Beschützerinnen deiner Tochter und die Beschützerinnen deiner Enkelin. Vergiss das nie, hörst du?! Sollte deiner Tochter oder diesem wunderschönen Kind etwas geschehen, werden wir zu dir kommen und dich kastrieren. Bei Gott, das werden wir tun, Rico. Wir werden dir die Eier abschneiden und den Hunden verfüttern.«

Der Mann starrte die Frauen grimmig an. »Ihr seid alle Hexen, ihr verdammten Weiber.«

»Schau dir deine Enkelin an, Rico«, forderte ihn die Frau auf, die das Kind im Arm hielt.

Der Mann wollte sich abwenden, aber eine kräftige Frau trat ihm in den Weg. Der Mann wollte sie mit dem Ellbogen wegstoßen, doch die Frau wich nicht von der Stelle.

»Du hast deiner Tochter das Leben zur Hölle gemacht«, sagte die Frau. »Wir haben viel zu lange schweigend zugesehen, weil wir uns nicht in deine Angelegenheiten einmischen wollten. Aber das ist ab heute anders. Heute ist deine Enkelin zur Welt gekommen und wir werden dafür sorgen, dass du der Herausforderung gewachsen bist, Rico. Von heute an bist du nicht nur ein Vater, du bist auch ein Großvater.«

»Zur Hölle mit euch allen!«, schnappte der Mann. »Ich wünsche euch die Pest an den Hals.«

»Die Pest? Die wäre vielleicht leichter zu ertragen als deine zum Himmel stinkende Erbärmlichkeit, du Hund. Schau her!« Die Frau streckte ihm das Kind entgegen und der Mann warf einen Blick darauf.

»Was ist denn das?«, fragte er spöttisch. »Ein kleiner Affe?«

Da schlug die Frau, die sich ihm in den Weg gestellt hatte, zu, schlug ihm den Handrücken ins Gesicht, und der Mann war so überrascht, dass er das Gleichgewicht verlor und einige Schritte zur Seite taumelte, bevor er sich wieder auffing. Die Zornröte im Gesicht, in den Augen blanker Hass, hob der Mann seine rechte Faust und ging auf die Frau los, aber da erhob sich einer der anderen Männer und zog eine Pistole aus der Hose.

»Rico, soll ich dich nun tatsächlich einfach niederschießen wie einen Hund oder kommst du endlich zur Besinnung?!«

Rico ließ die erhobene Faust sinken.

»Gut«, stieß er mit heiserer Stimme hervor. »Ihr könnt sagen, was ihr wollt. Das Kind ist nicht mein Kind. Also werde ich jetzt meine Sachen packen und mich von euch trennen.«

»Sei vernünftig, Rico«, sagte der Mann mit der Pistole. »Wo willst du hin? Hier draußen ist ein Mann allein verloren.«

»Ihr könnt mich alle am Arsch lecken!«, schrie der Mann in die Runde. Dann drehte er sich um und stampfte am Feuer vorbei zu einem der Zelte.

Der Mann ließ die Pistole verschwinden.

Von hinter dem Vorhang hervor erschien nun die junge Frau. Sie sah blass aus und müde. Sie verlangte etwas zu trinken. Jemand reichte ihr eine Tasse mit Ziegenmilch.

Als ihr Vater aus dem Zelt kam, ging sie zu ihm.

»Geh nicht«, bat sie ihn. »Wenn du gehst, habe ich niemand mehr.«

»Du hast deinen Balg«, sagte er, schlang sich den Riemen eines Gewehres über die Schulter und trampelte davon.

Die junge Frau krümmte sich am Boden zusammen und begann zu wimmern. Andere Frau kauerten bei ihr nieder und versuchten sie zu trösten, aber das wollte ihnen nicht so schnell gelingen.

»Wie kann er nur?«, sagte Julia verstört und starrte dabei den schnauzbärtigen Mann an.

»Er kommt vielleicht eines Tages reumütig zurück«, sagte dieser. »Hat er schon oft gemacht. Bei seiner Frau. Er ist einige Male abgehauen und wir dachten, jetzt kommt er nie mehr, und dann war er plötzlich wieder da. Als seine Frau starb, ging er weg und wir dachten, er bringt sich um, aber dann kam er zurück und schickte seine Tochter weg in ein anderes Land, in eine Stadt, wo sie auf den Strich gehen und mit ihrem Körper

Geld verdienen konnte. Dass sie einmal schwanger zurückkehren würde, damit hat er nicht gerechnet.«

Die Frauen brachte die junge Frau in das Zelt, in dem sie mit ihrem Vater gehaust hatte. Obwohl die Frauen leise redeten, waren ihre Stimmen am Feuer zu hören. Besonders die der jungen Mutter, die manchmal aufschrie, weil sie mit dem Schmerz nicht so leicht fertigwurde.

»Wenn ihr wollt, könnt ihr bei uns bleiben«, sagte der Mann mit dem Schnurrbart. »Wir haben selbst nicht viel, aber was wir haben, teilen wir gerne mit euch.«

»Wir wollen in die Stadt«, sagte Mika. »Da wollen wir hin. Wir bleiben nicht. Höchstens, solange ihr hier an diesem Lagerplatz bleibt.«

»Gut, das bleibt euch überlassen«, sagte der Mann. »Ich dachte nur, weil ihr schon so lange allein unterwegs seid ...«

»Was geschieht mit der Mutter und dem Kind?«, wollte Julia wissen.

»Das kann ich euch nicht sagen. Die Frauen kümmern sich um sie, aber sie wird selbst entscheiden müssen, ob sie weiter bei uns bleibt oder ob sie zurückgehen will in die Stadt. Solange sie in dieser Verfassung ist, werden wir wohl hierbleiben müssen.«

»Sie kann mit uns gehen«, sagte Julia.

Der Mann wiegte den Kopf. »Es ist ein langer Weg in die Stadt, sie ist erschöpft und sie hat das Baby. Das wird nicht einfach.«

»Wir können ihr helfen«, sagte Julia. »Zumindest können wir ihr helfen, das Baby zu tragen. Wir tragen es abwechselnd, nicht wahr, Mika?«

Mika sah den Mann an. Dann blickte er zum Zelt hinüber.

»Ja«, sagte er schließlich. »Wir könnten das Baby abwechselnd tragen. Nur, was passiert, wenn ihr Vater uns irgendwo auflauert?«

»Das wäre nicht gut für euch. Und nicht gut für seine Tochter und ihr Kind«, sagte einer der jüngeren Männer. »Er ist imstande, alle zu töten.«

»Das glaube ich nicht«, sagte Julia. »Nein, das glaube ich wirklich nicht.«

»Weil du ihn nicht kennst«, sagte der junge Mann. Er stand auf und holte eines der Pferde von der Leine, und er ritt, ohne es aufzuzäumen oder zu satteln, davon.

Zwei Frauen kamen aus dem Zelt.

»Es gibt jetzt Frühstück«, erklärte eine von ihnen. »Alles andere können wir später erledigen.«

»Wie geht es ihr?«, fragte der Mann mit dem Schnurrbart.

»Wie soll es ihr schon gehen? Sie ist verzweifelt.«

Eine der Frauen brachte einen großen Laib dunkles Brot zum Feuer. Der Laib wurde herumgereicht und die Männer und Frauen, die Kinder und die Alten brachen Stücke vom Laib und schnitten große Stücke von einer dicken fetten Wurst.

Es gab Kaffee zu trinken und warme Milch von den Ziegen, von allem nicht sehr viel, aber doch genug, um alle satt werden zu lassen.

Eine Frau säugte ihr Baby.

Ein Junge, kaum älter als der Junge, den die Soldaten gefangen genommen hatten, löffelte einem kleineren Kind einen Brei in den Mund.

Die Sonne ging auf, ein Feuerball zwischen dunklen Wolkenbändern, die an ihren Rändern zu glühen anfingen.

»Gestern bebte die Erde«, sagte der Mann mit dem Schnurrbart, der anscheinend der Anführer dieser Gruppe war. »Das ist kein gutes Zeichen für die Menschen, die uns davongejagt haben.«

»Warum hat man euch davongejagt?«

»Weil wir an allem schuld sein sollen.«

»Woran denn?«, fragte Mika.

»An allem. An der schlechten Wirtschaftslage. An ihrer

Angst vor der Zukunft. Daran, dass sich ein Nachbar von ihnen zu Tode gesoffen hat. Daran, dass ihre Fußballmannschaft verloren hat. An allem Unglück, das ihnen geschieht.«

»Warum machen sie euch für diese Dinge verantwortlich?«

»Wen sollten sie sonst verantwortlich machen? Wir sind in diesem Land in der Minderheit. Wir gehören nicht zu ihnen. Unsere Art ist ihnen fremd, und was ihnen fremd ist, macht ihnen Angst.«

»Ihr gehört nicht hierhin?«

»Wir gehören nirgendwohin. Früher waren wir immer unterwegs. Von einem Lagerplatz zum anderen. Das war unser Leben. Das passte ihnen nicht. Sie wollten, dass wir sesshaft werden, damit sie uns besser im Auge behalten und kontrollieren können. Wir sollten in kleinen Dörfern wohnen. Ein Stück Land bearbeiten. Die Ernte zum Markt bringen. Nur so könnten wir uns in die Gesellschaft integrieren. Herumtreiber, wie sie uns nannten, sollten weiterziehen, zur Grenze und dann noch weiter.«

»Was habt ihr getan?«

»Einige von uns sind weitergezogen, andere suchten sich einen Platz auf dem Grund, der uns zur Verfügung gestellt wurde, und bauten ihre Häuser und wir fingen an, den Boden umzugraben, pflanzten Mais und setzten Kartoffeln in die steinige Erde. Manchmal kamen sie aus der Stadt und sie staunten, dass es uns gelang, dem kargen Boden eine erste kleine Maisernte abzuringen.«

»Und was geschah dann?«

»Irgendwann fingen sie an, uns für alles Schlechte und Böse verantwortlich zu machen. Es ging von der Regierung aus. Die Zeitung begann über uns zu schreiben. Wenn irgendetwas geschah, dann waren wir es. Einmal wurde eines ihrer Mädchen vergewaltigt, und ratet mal, wer es getan haben sollte. Sie kamen zu uns und knüppelten einen von uns nieder, schlugen ihn krankenhausreif. Sie sagten uns, wir sollten den Mund halten und uns dem Schicksal fügen, und als wir uns wehrten, kam die Polizei und verhaftete ein halbes Dutzend von uns. Und während die Männer im Knast saßen, kamen sie in einer stockdunklen Nacht in unser Dorf, zündeten mehrere Häuser an und die Frauen und Kinder flohen, um den Flammen zu entkommen. Wir wollten Gerechtigkeit, aber man schenkte uns kein Gehör. Im Gegenteil, am nächsten Tag stand in ihrer Zeitung, dass wir von hier verschwinden sollten, bevor die Situation eskalieren würde.«

»Und ihr seid weggezogen?«

»Ja. Was sollten wir sonst tun? Sie hätten uns umgebracht.«

»Wo wollt ihr jetzt hin?«

»Diese Straße führt nach Süden. Wir wissen nicht, wohin wir gehen. Es wird wieder so sein wie früher. Wir finden unsere alten Lagerplätze wieder und ziehen von einem zum anderen. Man wird uns nirgendwo haben wollen. Einige von uns werden gezwungen sein, ihre Töchter in andere Länder zu schicken, damit sie Geld verdienen können.«

Der Mann deutete mit einer Kopfbewegung zum Zelt hinüber, in dem die junge Mutter sich aufhielt. »Sie war dumm genug, schwanger zu werden. Da hat man sie hierher zurückgebracht. Sie wäre dort besser aufgehoben gewesen als hier bei uns. In der Hauptstadt hat sie vor Kurzem einen jungen Mann kennengelernt, der ihr wohlgesinnt ist und …«

»Halt den Mund!«, fiel ihm eine der Frauen ins Wort. »Hier bei uns, da ist sie zu Hause. Sie ist eine von uns. Sie gehört zu uns.«

Der Mann, der davongeritten war, kehrte zurück. In einer Hand hielt er ein Wildkaninchen bei den Löffeln. Er hatte es in einer Drahtschlinge gefangen.

Er ritt bis an das Feuer heran, beugte sich vom Rücken seines Pferdes und streckte Mika das tote Kaninchen entgegen. Aber Mika machte keine Anstalten, ihm das Kaninchen aus der Hand zu nehmen.

»Nimm es«, forderte der Anführer Mika auf. »Wir ziehen heute noch weiter. Ihr könnt hierbleiben. Zieh dem Kaninchen das Fell über die Ohren, nimm es aus und brate das Fleisch über dem Feuer, damit es nicht schnell verderben kann. So habt ihr wenigstens auf dem Weiterweg für ein paar Tage etwas zu essen.«

»Wie weit ist es noch bis zur Hauptstadt?«, fragte Julia.

»Sieben Tage«, sagte der Anführer.

Der Mann auf dem Pferd ließ das tote Kaninchen zu Boden fallen, zog das Pferd am Kinnriemen herum und brachte es zu den anderen zurück.

Die junge Frau kam mit ihrem Baby aus dem Zelt.

»Geht ihr in die Stadt?«, fragte sie.

Julia erhob sich. »Du kannst mit uns kommen. Wir bleiben hier, bis es dir besser geht.«

Die Frau blickte in die Runde. »Ich werde mit ihnen gehen«, sagte sie.

»Das habe ich mir gedacht«, sagte der Anführer. »Du willst lieber in die Stadt, als bei uns bleiben.«

»Und wenn schon«, sagte eine der Frauen. »Was hast du daran auszusetzen? Du bist nicht ihr Vater!«

»Nichts«, sagte der Mann. »Es war nur eine Feststellung, sonst nichts.«

Die junge Frau blickte zu Boden. Niemand sagte etwas. Dann hob sie den Kopf. »Ihr braucht keine Angst um mich und meine Tochter zu haben. Mein Freund wird uns aufnehmen und beschützen.«

Ein Mann, der eine verbeulte, alte Mütze auf dem Kopf hatte, warnte, dass das nicht gut ausgehen würde. »Nicht für dich und das Baby und auch nicht für deinen Freund. Du bist eine von uns und deshalb für viele Leute in der Stadt eine Hexe, die ihnen Unglück bringt. Erinnerst du dich nicht mehr, was die Zeitung über uns geschrieben hat?«

»Die Zeitung verbreitet nur die Lügen des Präsidenten. Immer mehr Leute glauben ihm immer weniger. Es sind viele junge Leute, die sich gegen ihn und seine Regierung auflehnen. Mein Freund ist einer von ihnen.«

»Die Zellen in den Gefängnissen sind voll von Menschen, die sich gegen ihn aufgelehnt haben. Andere wurden zu Tode gefoltert oder einfach erschossen.«

»Die Leute in der Stadt wollen die Freiheit«, sagte die junge Frau. »Die, die uns weggejagt haben, sind von der Regierung dazu angestiftet worden.« Sie wandte sich wieder Mika und Julia zu. »In zwei Tagen komme ich mit euch«, sagte sie. »Ich will nicht weiterziehen. Seit ich auf der Welt bin, ziehen wir von einem Ort zum andern. Ich will endlich irgendwohin gehören. Schon wegen des Babys.«

»Gut«, sagte Julia. »Dann gehen wir zusammen.«

Mika sagte nichts.

Er dachte an den Vater der jungen Frau. Und daran, dass der ein Gewehr besaß.

✪

Am Nachmittag des Tages, an dem sie weiterzogen, war der Himmel wolkenverhangen und es wurde merklich kühler.

Sie befanden sich auf einer Hochebene. Vor ihnen, an einer dunklen Hügelkette, stauten sich die Wolken. Die Straße führte durch verwilderte Wälder und durch Buschland.

Es gab nirgendwo Anzeichen dafür, dass hier in der Nähe Menschen lebten. Hingegen kreuzten sie Pfade, die von Tieren benutzt wurden, und die junge Frau, die Roda hieß, erklärte ihnen, dass es hier in diesem entlegenen Gebiet Wölfe gab, die in strengen Wintern immer wieder bis in ihr Dorf gekommen waren und nach Nahrung gesucht hatten.

Manchmal hätten sie die Wölfe gejagt und erlegt, wenn diese zu schwach wurden, um den Jägern im Tiefschnee zu entkommen. Es gebe auch Wildschweine in den Hügeln und kleinere Raubkatzen, aber vor denen hätten die Menschen in den Dörfern und in der Stadt nichts zu befürchten.

Am späten Nachmittag fing es an zu regnen, zuerst nur schwach und später immer stärker, und obwohl sie sich gegen den Regen zu schützen versuchten, wurden sie bis auf die Haut durchnässt.

In einem kleinen Wald, in dem es kaum große Bäume gab, dafür aber ziemlich dichtes Unterholz, schlugen sie schließlich das Zelt auf, in dem Roda mit ihrem Vater gelebt hatte, seit sie aus ihrem Dorf geflohen waren.

Mika versuchte ein Feuer zu machen, indem er nasses Fallholz sammelte. Mit seinem Taschenmesser schälte er Äste und befreite sie von der nassen Rinde. Mit Büscheln von dürrem Gras versuchte er die Äste zum Brennen zu bringen, aber es gelang ihm trotz aller Bemühungen nicht.

Als es dunkel wurde, hockten sie eng beisammen im Zelt, das zum Glück dicht war. Sie hatten das Baby zwischen sich auf den Knien und im Schoss, und das Baby, so klein und schrumpelig es noch immer war, erfreute sie alle, wenn es gähnte oder ungelenk mit den Armen um sich schlug, als wollte es irgendwelche unsichtbaren Mücken oder Fliegen abwehren.

Sie versuchten sich in ihren Schlafsäcken, die einigermaßen trocken geblieben waren, zu erwärmen.

»Soll ich es noch einmal versuchen?«, sagte Mika, als es längst dunkel geworden war, und er verließ das Zelt und versuchte wieder ein Feuer zu machen. Er betete, während er das Feuerzeug an ein Grasbüschel hielt, und dieses Mal, wie durch ein Wunder, züngelten winzige Flammen auf. Jetzt hielt er das Grasbüscheln an die dünnen Äste, bis einige von ihnen Feuer fingen. Mika legte sie sorgfältig auf den Boden und legte genauso sorgfältig etwas dickere Äste über die dünneren und schließlich brannte ein kleines Feuer unter einem Baum, dessen Krone mit ihrem dichten Blattwerk ein schützendes Dach bildete. Nur manchmal fielen dicke Tropfen von den Blättern ins Feuer, verdampften zischend in der Glut.

Mika holte mehr Holz und bald brannte ein großes Feuer, dessen Flammen mannshoch aufloderten, wenn der Wind einen Weg zur Glut fand, und sie machten den Eingang zum Zelt weit auf, sodass die Hitze des Feuers in das Zelt dringen konnte.

Es wurde nach kurzer Zeit so warm im Zelt, dass sie sich ihrer nassen Kleider entledigen konnten und trotzdem nicht mehr froren.

Roda gab ihrem Baby die Brust und Mika lief draußen umher, trug immer mehr Holz zusammen, bis endlich genug da war, das Feuer bis zum Morgen nicht mehr ausgehen zu lassen.

Roda wollte von ihnen wissen, was sie hier in diesem Land so weit entfernt von zu Hause machten, aber sie wussten es selbst nicht, hatten keine Erklärung außer der, dass es irgendwo ein Stück Erde gebe, wo sie bleiben würden, ein Land, wo Friede herrschte und kein Mensch, auch wenn er als Fremder kam, davongejagt wurde, und wo keine Kinder an Hunger sterben und andere Kinder wie Sklaven schuften mussten und wo wieder andere in Gefängnisse gesteckt würden und wieder andere irgendwelchen Verbrechern in die Hände fielen, die mit Menschen handelten.

»Gibt es denn überhaupt so einen Ort?«, zweifelte Roda. »Ich glaube nicht, dass es diesen Ort gibt, es sei denn in einem Traum.«

Sie erzählte von jenem Land, in dem sie, wie sie es nannte, »gearbeitet« hatte, immer im Versteckten, ohne Aufenthaltsbewilligung, ohne Arbeitspapiere, die Sklavin eines Zuhälters aus ihrem eigenen Dorf, einem Bruder ihres Vaters, der ihrem Vater ein Teil des Geldes schickte, das sie verdiente, während er selbst den größten Teil in seine eigene Tasche steckte und ihr nur ganz wenig überließ.

Roda beklagte sich nicht. Es sei eine schöne Zeit gewesen in diesem Land, in dem es keine Armut gäbe. Aber auch dort sei sie immer eine Fremde gewesen und es habe Leute gegeben, die keine Fremde in ihrem schönen und friedlichen Land dulden wollten.

Sie schliefen in dieser Nacht alle drei dicht beisammen im Zelt, das Baby zwischen sich, und zweimal gab Roda dem Baby die Brust, und Mika sah zu, dass das Feuer hell und warm loderte.

Es hörte in dieser Nacht nicht auf zu regnen.

Um Mitternacht herum stieß Julia im Schlaf einen merkwürdigen Schrei aus.

Mika schien es, als wäre es eine ganz andere Stimme, die sich Julia angeeignet hatte, und er beugte sich über sie und strich ihr sachte mit den Fingern über die Stirn.

Ihre Stirn war feucht von Schweiß, aber der Schweiß fühlte sich kalt an.

Mika wischte ihn ihr weg.

Julia erwachte und setzte sich auf.

»Mika«, flüsterte sie. »Hast du ihn gesehen?«

»Wen?«

»Den Engel.«

»Den Engel? Julia, bist du wach?«

Sie lächelte und legte sich zurück und schlief. Mika war sich nicht sicher, ob sie überhaupt wach gewesen war, als sie sich aufgesetzt hatte.

Er kroch aus seinem Schlafsack und aus dem Zelt.

Es war jetzt kalt geworden, obwohl es Sommer war, fast so kalt schien es ihm, als könnte es jederzeit zu schneien anfangen.

Er entfernte sich ein Stück vom Zelt und pinkelte. Als er damit fertig war, wollte er zum Zelt zurückgehen, aber es schien ihm plötzlich, als wäre da jemand, und er drehte den Kopf in alle Richtungen, versuchte mit seinen Blicken das Dunkel im

Dickicht zu durchdringen, versuchte irgendetwas zu erkennen, eine Gestalt, einen Schatten, irgendetwas, und er spürte jetzt ganz deutlich, dass etwas in einer Nähe war, etwas, das er nicht nur mit seinen Sinnen wahrnehmen konnte, sondern auch körperlich, das seine Nackenhaare sich sträuben ließ, die Härchen an seinen Armen.

Sein Herz fing wie wild zu schlagen an, wollte ihm davongaloppieren wie ein junges Pferd, und dann vernahm er ein Geräusch, ein Keuchen, das nicht aus einer menschlichen Kehle zu kommen schien.

Mika starrte in die Richtung, aus der das Geräusch gekommen war, und dort, im Astgewirr des Unterholzes, bewegte sich etwas, eine Gestalt, auf Händen und Knien, ein Mensch oder ein Tier, das sich langsam durch dichtes Gestrüpp bewegte.

Äste knackten. Zweige schlugen gegeneinander. Noch einmal vernahm Mika das Keuchen oder mehr ein lautes Röcheln, dann war der Spuk verschwunden.

Mika stand still. Atmete nicht mehr, lauschte in die Nacht hinaus, hörte nichts als den Regen.

Das Knistern des Feuers.

Einen leisen Mucks, den das Baby machte.

Sonst nichts.

Nichts als die Stille.

Mika ging zum Feuer und legte neues Holz in die Flammen. Er tat es dieses Mal nicht vorsichtig genug. Funken stoben hoch und tanzten durch den Feuerschein wie Tausende von Glühwürmchen, von denen sich einige auf die Regenplane des Zeltes setzten, bevor sie verglühten.

Mika kroch ins Zelt und in den Schlafsack.

»Hast du ihn gesehen, den Engel?«, flüsterte Julia.

»Ja«, sagte Mika leise. »Ich habe ihn gesehen. Seinen Schatten.«

Julia gab ihm keine Antwort. Sie schlief.

✪

Kleine Menschen, nackt, mit dunkler Haut, steckten Stöcke mit ihrem brennenden Ende voran tief in die Erde.

Das Feuer am Ende der Stöcke schien nicht zu verlöschen.

Die Stöcke glühten tief in der Erde weiter und der Rauch drang durch kleine Spalten und Ritzen in der ausgetrockneten Erde, kroch unter Steinen hervor, strich wie hauchdünner Nebel durch das Dorf und an den halb zerfallenen Lehmhütten entlang, durch den finsteren Wald dahinter, und die kleinen Menschen sangen und tanzten, weil sie glaubten, sie hätten die Erdgeister besiegt. Plötzlich brach die Erde auf und ein feuriger Schlund verschlang das Dorf und seine Bewohner, verschlang die ganze Gegend, den Wald, die Steine und alles, was einmal gewesen war.

Mika rannte, aber wohin er auch rannte, das Feuer versperrte ihm den Weg.

Lava floss an den Hängen eines Berges herunter, floss durch die Flussbette und floss über steile Böschungen ins Meer, wo sie das Wasser zum Brodeln brachte. Heiße Blasen zerplatzten in der Brandung, und die erkaltete Lava formte sich in den aufsteigenden Dämpfen zu einer schwarzen Insel.

Mika rannte nicht mehr.

Vom höchsten Punkt der Insel aus schaute er dem Spektakel nur zu, und als Julia zu ihm kam und alles vorbei war, erzählte er ihr, was geschehen war, aber sie glaubte ihm nicht.

Sie zeigte ihm das Baby.

»Seine Mutter will es nicht mehr«, sagte sie. »Jetzt gehört es uns.«

Julia zog ihr T-Shirt hoch, gab dem Baby die Brust und das Baby trank.

Julias Worte hatten Mika erzürnt. »Dieses Kind gehört nicht uns«, antwortete er ihr. »Es gehört seiner Mutter.«

Er begann umgehend nach der Mutter zu suchen. Als er sie

fand, lag sie nackt auf einem Bett. Er beugte sich zu ihr hinunter und küsste ihre Brüste. Ihre Haut war kalt.

Eiskalt.

✪

Sie erreichten einen Sattel zwischen zwei Hügelkuppen.

Es war kühler hier oben. Wolkenfetzen strichen die Hügel entlang, getrieben von Nordwinden.

Auf der anderen Seite der Hügelkette führte die Straße talwärts, kurvte durch enge Täler und die bewaldeten Hänge entlang, verschwand hinter Hügeln, tauchte weiter unten wieder auf, schmaler als zuvor.

Auf dem Sattel befanden sich die Überreste eines Hauses, das einmal eine Zollstation gewesen war und eine kleine Herberge mit einem großen und zwei kleineren Schlafräumen.

Ein Wall auf der Nordseite war wahrscheinlich gegen Angreifer errichtet worden. Der Wall war mit Gras und Unkraut überwachsen.

Mit ihren Blicken folgten sie der Straße talwärts, so weit sie sehen konnten.

Die Stadt konnten sie von hier oben aus nicht erkennen, aber Roda sagte, dass es noch mehr als hundert Kilometer seien, die sie gehen mussten. Zuerst würden sie in die Siedlung kommen, die von ihren Leuten verlassen worden war, und dann, nach weiteren zwanzig Kilometern, würden sie die ersten Häuser der Stadt erreichen und eine Eisenbahnlinie, die die Stadt mit den Kohlebergwerken verband.

»Die meisten Männer der Stadt arbeiten unter Tage«, erklärte ihnen Roda. »Es ist eine gefährliche Arbeit. Hin und wieder kommt es zu Gasexplosionen und es werden Stollen verschüttet. Im Frühjahr starben sechsunddreißig Bergmänner.«

Mika schaute in die andere Richtung, die Richtung, aus

der sie gekommen waren. Das Land hinter ihnen breitete sich grau bis zum Horizont aus, der noch nasse Asphalt der Straße ein silbern glitzerndes Band, ausgestreckt vom Fuß der Hügel bis nach Nirgendwo.

»Zwischen diesen alten Steinmauern dort wäre ein guter Lagerplatz«, sagte Julia. »Es ist zwar kalt hier oben, aber wir wären vor dem Wind geschützt und es gibt genug Holz für ein Feuer.«

»Es ist noch lange nicht Abend«, wandte Mika ein. »Wir sollten uns nicht von ein paar verlassenen Mauern aufhalten lassen.«

»Ich weiß nicht, ob ich noch lange gehen kann«, sagte Roda. »Ich bin noch nicht so stark, wie ich gedacht habe.«

»Du hast die größte Anstrengung überstanden. Jetzt geht es bergab.«

Sie ruhten sich nur kurz aus, aßen etwas von der Wurst und dem Brot, das man ihnen mitgegeben hatte, tranken Wasser und Roda stillte ihr Baby.

Nach knapp einer halben Stunde brachen sie auf, folgten der Straße, und während sie gingen, wechselten sie sich beim Tragen des Babys ab.

Es fing wieder an zu regnen und Julia sagte, dass sie doch besser dort oben auf dem Sattel geblieben und ein trockenes Lager zwischen den Steinmauern eingerichtet hätten.

Als der Tag zu Ende ging, erreichten sie durchnässt und frierend eine Höhle in einer steilen Böschung. Durch eine Rinne unterhalb floss Regenwasser. In der Nähe gab es ein paar verkrüppelte, vom Wind gebogene Bäume.

»Wir bleiben hier«, sagte Mika.

Sie richteten sich ein, so gut es ging. Viel Platz gab es nicht, aber den brauchten sie auch nicht. Sie holten Holz und machten ein Feuer und sie fingen mit der Flasche Wasser auf, das an Steinbrocken heruntertropfte, bis die Flasche voll war. Es regnete die ganze Nacht hindurch, ohne einmal aufzuhören. Kein starker Regen, aber er fiel mit einer bedrückenden Gleichmäßigkeit.

»Vielleicht wird es jetzt für immer regnen«, sagte Julia einmal, während sie das Baby sachte im Arm wiegte. »Vielleicht wird das ganze Land überflutet und diese Hügel werden zu Inseln, wo wir allein sind.«

»Wir sind nicht allein«, sagte Roda. »Ich bin sicher, dass er uns entdeckt hat und uns folgt.«

»Daran habe ich auch gedacht«, sagte Mika. »Aber es kann auch sein, dass dein Vater in eine andere Richtung gegangen ist.«

»Das glaube ich nicht. Er weiß, dass ich in die Stadt zurückwill zu meinem Freund.«

»Kennt er deinen Freund?«

»Er weiß, dass er keiner von uns ist. Schon allein deswegen hasst er ihn.«

Sie schwiegen, im Feuer zerplatzte ein Harzknoten. Funken stoben hoch. Julia schützte das Gesicht des schlafenden Babys mit ihrer Hand.

»Was würde er tun, wenn er uns fände?«, fragte sie Roda.

»Ich will nicht daran denken.« Wie ein Vogel mit nassem Gefieder zog Roda den Kopf etwas ein.

»Er würde dich vielleicht zwingen, mit ihm zu gehen«, sagte Mika.

»Ich weiß es nicht. Er ist ein seltsamer Mensch. Ich kenne ihn nicht. Ich bin nur seine Tochter, aber ich kenne ihn nicht. Meine Mutter hat sehr gelitten. Ich glaube, als ich klein war, liebte ich ihn sehr. Vielleicht liebe ich ihn noch immer.«

»Das ist nicht möglich nach dem, was er dir angetan hat.«

»Er fehlt mir. Ich weiß, dass ich bei meinem Freund bleiben kann, auch jetzt, wo ich ein Baby habe. Aber ich weiß auch, dass mir mein Vater fehlen wird, und manchmal denke ich, dass ich besser bei der Geburt gestorben wäre, zusammen mit dem Baby.«

»Das kann nicht dein Ernst sein, Roda«, sagte Julia. »Die Geburt ist ein Tag, an dem du glücklich sein solltest. Einer der glücklichsten Tage in deinem Leben. Haben dir das die Frauen nicht gesagt? Meine Mutter sagte mir das immer. Der glücklichste Tag in ihrem Leben sei der Tag gewesen, an dem ich zur Welt kam.«

»Und was war dein glücklichster Tag?«

»Mit Mika zusammen zu sein, das ist ein glücklicher Tag.«

Roda lachte.

»Dann ist für dich jeder Tag ein glücklicher Tag.«

»Ja, aber jetzt sehne ich mich nach einem gemütlichen Zimmer, Roda, mit Tapeten an den Wänden und schönen Bildern und mit einem Bett. Ich weiß bald nicht mehr, wann ich das letzte Mal in einem Bett geschlafen habe, in sauberen Betttüchern und einer flauschigen Decke und einigen weichen Kissen und mit meinen Stofftieren.«

»Du kannst jederzeit nach Hause zurückkehren, nicht wahr? Zurück zu deiner Mutter und deinem Vater. Wie weit, denkst du, ist es von hier bis zu dir nach Hause?«

»Wenn wir wüssten, wo wir sind, könnten wir dir das sagen«, lachte Mika.

»Es muss sehr, sehr weit sein, von hier nach Hause«, sagte Julia. »Doch wir werden in der Stadt ein Zimmer finden mit einem Bett drin.«

»Werdet ihr einmal zurückkehren?«

»Nach Hause? Das wissen wir nicht.«

»Warum seid ihr weggegangen? Ich meine, hat man euch geschlagen?«

»Nein. Wir sind einfach weggegangen.«

»Ihr seid einfach weggegangen? Niemand geht einfach von zu Hause weg. Nicht ohne Grund.« Sie sah Mika an.

»Meine Mutter wurde ermordet«, sagte er. »Da beschlossen wir wegzugehen.«

»Wissen eure Eltern, wo ihr seid?«

»Ich habe meine Eltern einmal angerufen«, sagte Julia. »Mein Vater sagte, dass ich nicht mehr nach Hause zurückzukommen bräuchte.«

»Und deine Mutter?«

»Sie hat gesagt, dass ich jederzeit zurückkehren könne, egal was mein Vater mir gesagt hat.«

Roda wandte sich an Mika. »Hast du deinen Vater angerufen?«

»Nein.«

»Du hast die ganze Zeit nicht mit deinem Vater gesprochen?«

»Ja. Ich glaube, er erwartet nicht, dass ich ihn anrufe. Meine Mutter ist tot. Er hat sie sehr geliebt. Ich glaube nicht, dass es etwas auf der Welt gibt, was er mehr geliebt hat als meine Mutter.«

»Außer seinem Sohn«, wandte Julia ein.

»Du solltest ihn vielleicht anrufen, wenn wir in der Stadt sind«, schlug Roda vor.

»Du solltest es wirklich tun, Mika.«

»Vielleicht werde ich es tun«, sagte Mika, »vielleicht werde ich ihn anrufen.«

»Du könntest ihn jetzt gleich anrufen, wenn du ein Handy dabeihättest«, sagte Roda.

»Von hier aus? Von hier aus bekommst du mit niemandem eine Verbindung. Hier ist nichts.«

»Wir sind hier.«

»Ja. Und wir haben kein Handy. Das Handy, das wir dabeihatten, haben uns Soldaten weggenommen.«

»Wir hatten einen Traum, den wir beide geträumt haben«, sagte Julia. »Wir haben von einem Platz geträumt, wo alle Menschen glücklich sind.«

Roda lachte. »Seit ich auf der Welt bin, sind wir herumgezogen. Immer auf der Suche. Einen solchen Ort gibt es nicht.«

»Das wissen wir nicht«, sagte Julia. »Aber wir hatten in der gleichen Nacht den gleichen Traum, Mika und ich.«

»Ist das wahr?« Roda sah Mika an.

»Ja. So unwahrscheinlich es auch klingen mag, es ist wirklich wahr.«

»Ich glaube es nicht.«

»Was glaubst du nicht?«

»Dass es so einen Ort irgendwo gibt. Selbst in dem Land, wo ich arbeitete, gibt es keinen solchen Ort. Manchmal, wenn ich glücklich sein wollte, ging ich hinunter zu einem Fluss und schaute den Blättern zu, die ins Wasser fielen und von der Strömung mitgenommen wurden, und manchmal träumte ich, eines dieser Blätter zu sein.«

»Aber möglicherweise gibt es den Ort anderswo«, sagte Julia.

Roda lächelte.

»In einem Traum, vielleicht. Aber nicht in Wirklichkeit.«

»Und wenn die Wirklichkeit ein Traum ist?«, sagte Mika.

»Ja, dann …«, sagte Roda mit einem Lächeln.

Sie schwiegen und dachten über ihre Worte nach und über ihre Träume und über die Wirklichkeit und das Chaos, die Kriege und das Töten und die Geburt eines Kindes, das noch keinen Namen hatte, und über einen Vater, der irgendwo dort draußen umherirrte mit seinem Gewehr und seinem Hass, und sie hofften, dass er den Hass überwinden würde, und gleichzeitig wussten sie, dass sie sich zu viel erhofften.

In dieser Nacht schliefen sie gut, ohne Träume, oder sie konnten sich am Morgen jedenfalls an keine erinnern.

Ein trüber Morgen war es, die Luft vollgesogen mit Feuchtigkeit, die Wolken tief in den schmalen Tälern, die Sonne nicht einmal ein heller Fleck in der Wolkendecke. Es ging kein Wind, vielleicht war die feuchte Luft zu träge, als dass sie sich hätte bewegen lassen.

Sie blieben lange in der kleinen Höhle in der Wärme des Feuers, aber letztlich mussten sie sich wieder auf den Weg machen und sie folgten der Straße in ein anderes Tal hinein.

Am Straßenrand entdeckten sie eine Feuerstelle, die aussah, als wäre sie vor langer Zeit benutzt worden, aber als Mika mit einem Stock in der kalten Asche herumstocherte, stieß er auf ein kleines Glutnest.

Das Gras um die Feuerstelle herum war zertrampelt und Julia entdeckte einige Dutzend Schritte entfernt den frischen Kot eines Hundes.

»Da ist ein Mensch mit einem Hund unterwegs«, sagte Julia. Sie blickte Roda an. »Vielleicht dein Vater.«

»Mein Vater mag Hunde nicht.«, antwortete Roda. »Er hasst Hunde.«

»Dann vielleicht ein Jäger.«

»Das könnte sein. Auch von unserer Siedlung aus gingen die Männer manchmal in diesen Tälern auf die Jagd nach Wildschweinen.«

»Keine Spuren von Wildschweinen«, sagte Mika.

»Aber es gibt sie«, sagte Roda. »Ich habe selbst einige Rotten gesehen.«

Sie folgten der Straße, die hier nur noch aus vereinzelten Stücken von Asphalt bestand, zwischen denen die Erde nackt dalag, ein Kiesbett, durchgeackert von Rädern und Füßen, an vielen Stellen überwuchert von zähem Büschelgras und Unkraut.

Als sie aus dem Zwielicht der bewaldeten Hänge kamen, entdeckten sie den vermeintlichen Jäger auf einem Wildpfad, der zu einem kleinen Quelltümpel führte, wo mehrere dünne Wasseradern entsprangen, die alle ihren eigenen Weg suchten, bis sie sich vereinten und schließlich einen schmalen Quellbach bildeten.

Was sie entdeckten, war eine dunkle Gestalt im Grau dieses Morgens, die von einem mageren Bastardhund begleitet wurde.

»Das ist mein Vater«, stieß Roda hervor, als sie die Gestalt des Mannes in der Niederung sah.

»Du hast gesagt, er hasst Hunde.«

»So ist es auch«, sagte Roda.

✪

Sie wagten es nicht, weiterzugehen, obwohl der Mann nicht auf der Straße ging, sondern dem Wildwechsel folgte, wie ein Jäger der Schweißfährte eines angeschossenen Tieres.

Sie wussten nicht, wohin der Wildwechsel führte, durch eines der schmalen Seitentäler höher hinauf oder durch andere Täler zur langgestreckten Ebene hinab, durch die sich die Eisenbahnlinie zog und wo es vereinzelte Siedlungen gab. Dort lag in einer weiten Biegung des Flusses die Stadt, die sich, so erzählte Roda, wie ein Ungetüm nach allen Seiten hin ausbreitete, in jede Richtung und ohne dass ihr jemand Einhalt hätte gebieten können.

Sie versteckten sich an diesem Tag und gingen erst in der Dunkelheit weiter, langsam und vorsichtig im Licht des Halbmondes, der blass durch die Wolkendecke schimmerte. Es war nicht mehr so kalt wie in der Nacht zuvor, aber es war immer noch kalt genug, ihnen schnell die Energie zu entziehen. Um Mitternacht herum hielten sie an, um eine Rastpause einzulegen, aber dann entschieden sie sich, doch nicht mehr weiterzugehen.

Sie hatten die ganze Zeit während ihres Marsches nach einem Feuerschein Ausschau gehalten, aber Rodas Vater hatte entweder kein Lagerfeuer entfacht, weil er seine Anwesenheit niemandem preisgeben wollte, oder er befand sich nicht in ihrer Nähe.

»Je näher mein Vater den Siedlungen und der Stadt kommt, desto vorsichtiger muss er sein«, sagte Roda. »Das gilt auch für uns. Es gibt Leute in der Stadt, die machen Jagd auf uns.«

»Welche Leute?«

»Banden von Männern, die nicht ruhen werden, bis der

Letzte von uns das Land verlassen hat oder tot ist. Sie nennen es ihr Land ›auskehren‹. Sauber machen. Keine Fremden mehr, schon gar keine von uns. Ich glaube, sie würden am liebsten Mauern und Zäune errichten, damit niemand mehr ihr Land betreten kann, der nicht einer von ihnen ist und den Pass ihres Landes besitzt.«

»Das ist nicht nur hier so«, sagte Julia. »Meine Mutter hat mir gesagt, überall auf der Welt seien Leute dabei, Fremde davonzujagen. Abschieben, so wird es genannt.«

»Die Regierung sagt, es sind zu viele aus anderen Ländern hierhergekommen. Die Leute waren darauf nicht vorbereitet. Am Anfang, da haben sie den Mund gehalten, weil sie dachten, dass das irgendwann mal aufhören wird, diese Zuwanderung von Fremden, aber es hörte nicht mehr auf und es kamen immer mehr und noch mehr, und jetzt haben die Leute die Nase voll, weil sie selbst keine Jobs mehr haben.«

»Das war auch bei uns so. Solange in unserem Land Arbeiter gebraucht wurden, die Jobs machten, die keiner von uns tun wollte, haben wir sie nicht nur hereingelassen, wir haben sie sogar mit allerlei Versprechungen hereingelockt. Jetzt sind sie da und es sind viel zu viele und jetzt will man, dass sie wieder gehen.«

»Gerecht ist das nicht«, sagte Roda. »Die Regierung hat dieses Volk seit vielen Jahren ausgebeutet. Seit der Mann, der heute Präsident ist, seinen Vorgänger ermorden ließ und sich selbst zum Präsidenten gemacht hat. Das war vor fast vierzig Jahren.«

»Mit Gerechtigkeit hat das alles nicht viel zu tun«, pflichtete ihr Roda bei. »Gerechtigkeit ist sowieso etwas, das es gar nicht gibt, weil Gerechtigkeit für den einen etwas anderes ist als für den anderen.«

»Das ist wie mit der Wahrheit«, sagte Mika. »Mit der Wahrheit ist es genauso wie mit der Gerechtigkeit. Du siehst was und der andere sieht es ganz anders. Du hörst was und der andere hört was anderes. Du empfindest was und der andere empfindet was anderes.«

»Meine Mutter hat immer gesagt, dass Wahrheit und Gerechtigkeit Worte sind, die Politiker und Geistliche oft verwenden, weil man sie darauf nie festnageln kann.«

Sie machten kein Feuer in dieser Nacht, obwohl sie nicht damit rechneten, dass sich noch irgendjemand in ihrer Nähe befand. Sie redeten leise in der Dunkelheit, redeten über Dinge, die sie beschäftigten, über die sie aber kaum jemals mit anderen geredet hatten, und Mika erzählte von seiner Mutter, von ihrem Selbstverständnis, mit Worten für andere zu kämpfen, die stumm blieben.

Und Julia erzählte von ihrer Mutter, die eine der Stummen war, eine, die es als ihre Lebensaufgabe ansah, auch Schlimmes zu erdulden.

»Mit meiner Mutter konnte man über nichts anderes reden als darüber, welcher Weichspüler besser riecht und wie sie einen Kuchen bäckt, mit sorgfältig ausgesuchten Zutaten. Sie redete gerne über längst vergangene Urlaube am Meer und dass ihr Bruder im Krieg an der Grenze im Osten gefallen war, ausgerechnet ihr Bruder, einer der Gescheitesten in ihrer Schule. Lehrer hätte er werden können, aber er wurde Soldat und er starb für Ehre und Vaterland.«

Plötzlich hörten sie Motorengeräusch. Von einem Hügel aus spähten sie in die Ebene hinunter und dort unten fuhren Autos kreuz und quer durch die Nacht, ihre Scheinwerfer an.

»Das sind Jäger«, flüsterte Roda, als fürchtete sie, jemand könnte sie hören, aber die Autos waren zu weit von ihnen entfernt.

Sie schauten ihnen eine Weile zu, diesen kleinen Spielzeugautos, die aufheulten, wenn ihre Räder in der feuchten Erde durchdrehten, deren Scheinwerferstrahlen über den Boden jagten, einander kreuzten, manchmal kurz verschwanden und an anderen Stellen wieder auftauchten.

Plötzlich fielen Schüsse. Es war unmöglich, sie zu zählen oder an ihrem Klang zu unterscheiden, und zwischen den Schüssen, wenn mal für einige Sekunden Ruhe herrschte, vernahmen Mika, Julia und Roda das Gehupe und das Gebell von Hunden und dann trug der Wind das Siegesgeheul der Männer zu ihnen herauf und sie wussten, dass die Jäger das Tier erlegt hatten, auf das sie Jagd machten.

»Vermutlich haben sie einen Wolf gejagt«, sagte Julia.

»Oder einen Menschen«, sagte Roda. »Einen von uns.«

Deinen Vater, wollte Mika sagen, aber die Worte kamen nicht über seine Lippen.

Und doch schien es, als hätte er sie ausgesprochen. Oder als hätte Roda sie gehört, obwohl er sie nicht ausgesprochen hatte.

»Sie haben vielleicht meinen Vater gejagt«, sagte sie, Böses ahnend.

Unten in der Ebene fuhren die Autos davon, alle in die gleiche Richtung, nach Nordwesten, und für eine lange Zeit hörten sie noch das leiser werdende Grollen der Motoren und für eine lange Zeit sahen sie die Rück- und manchmal die Bremslichter leuchten.

Dann kehrte die Stille zurück, aber in dieser Stille wuchs in Roda die Sorge um ihren Vater und die Angst, dass die Jäger auch sie aufspürten und mit ihr das Baby und Mika und Julia.

»Vielleicht wäre es besser, wenn wir uns trennten«, schlug sie deshalb vor.

»Roda, was immer dort unten auch geschehen sein mag, wir sollten zusammenbleiben«, meinte Julia unsicher. »Vielleicht haben sie wirklich nur einen Wolf getötet.«

»Wir bleiben zusammen«, entschied Mika.

»Und wenn es schlimm wird?«

»Was meinst du damit?«

»Du weißt, was ich damit meine, Mika. Wenn sie uns mit Roda zusammen erwischen? Was dann?«

»Was weiß ich, was dann ist, verdammt! Ich weiß nicht, wer diese Leute sind, die Jagd auf Menschen machen. Ich weiß nicht, was wir von ihnen zu erwarten hätten, wenn sie uns zusammen mit Roda erwischten.«

»Sie würden Julia vergewaltigen und dich würden sie zu Tode prügeln, Mika«, sagte Roda.

»Was sind das für Menschen?«

»Die ›Guten‹«, erklärte Roda. »Die, die im Recht sind.«

»Jagd auf Menschen machen, das kann niemals recht sein. Niemals!«

Roda lachte auf. »Sagst du es ihnen oder sag ich es ihnen, Julia?«

»Ich würde es ihnen schon sagen, verlass dich darauf.«

»Sie würden dich auslachen und sie hätten einen Grund mehr, dich zu töten.«

Sie sahen ihn am nächsten Tag von Weitem.

Er hing an einem Stück eines elektrischen Kabels vom Ast des einzigen Baumes weit und breit. Der Wind bewegte ihn sanft, strich ihm durch die Haare, die ihm in Strähnen vom Kopf hingen.

Die Hände waren ihm auf dem Rücken zusammengebunden worden.

Jemand hatte ihm die Hose, die Unterhose und die Schuhe und Socken ausgezogen.

Sein Hemd und seine Jacke waren voll mit eingetrocknetem Blut. Auch seine Beine und die Füße, die fast einen Meter über dem Boden in der Luft hingen, waren blutverschmiert und voller Kot.

Sie blieben stehen, als Roda ihn erkannte. Jetzt standen sie da und starrten auf den Leichnam, der sich am Kabel drehte, mal in diese Richtung, dann in die andere.

Roda drückte das Baby an sich, sodass es nichts sehen konnte.

Ein aufdringlicher Geruch von Fäkalien lag in der Luft.

»Wenn du weitergehen willst, geh weiter«, schlug Mika vor. »Ich hole ihn herunter und begrabe ihn.«

»Nein. Ich will mich von ihm verabschieden«, entgegnete ihm Roda mit fester Stimme. »Er war mir hin und wieder ein guter Vater. Die meiste Zeit nicht, aber hin und wieder da merkte ich, dass er mich liebte.«

Sie gingen zum Baum, legten ihr Zeug in den Schatten und wollten danach die Leiche herunterholen, wussten aber nicht wie. Das Kabel war am Ast verknotet und Mika musste Julia auf die Schultern nehmen, damit sie das Kabel vom Ast lösen konnte.

Dabei konnte er nicht verhindern, dass Julia und die Leiche manchmal gegeneinanderstießen, und schließlich, als Julia den Knoten gelöst hatte, fiel der Leichnam herunter und plumpste wie ein Sack Kartoffeln auf den Boden.

Roda kauerte bei ihrem Vater nieder, drückte ihm den Mund zu und die Augen, aber während die Augenlider geschlossen blieben, öffnete sich sein Mund wieder und wieder, und schließlich klemmte ihm Roda einen faustgroßen Stein unters Kinn.

Unter dem Baum räumten sie die Steine weg und versuchten für Rodas Vater ein Grab zu schaufeln, aber die Erde unter dem Baum war hart und das Grab wurde sehr flach. Sie legten ihn lang ausgestreckt auf den Boden und bedeckten ihn mit Steinen. Mehr konnten sie nicht tun. Stundenlang trugen sie Steine herbei, um den Leichnam vor Wölfen und anderen Tieren zu schützen, und erst als der Steinhügel über dem Grab fast einen Meter hoch war, hörten sie auf.

Sie waren erschöpft und setzten sich in den Schatten des Baumes und tranken von ihrem Wasser. Sie redeten nichts, starrten zum Steinhaufen hinüber und jeder wusste vom andern, dass er genauso Angst hatte wie er selbst, Angst vor den Männern, die Rodas Vater angeschossen und danach aufgeknüpft hatten.

Am späten Nachmittag brachen sie auf.

Sie marschierten mit der untergehenden Sonne vor sich nordwestwärts. Der Wind, der ihnen ins Gesicht wehte, war kühl. Er kam aus der Richtung, in der sich die Stadt befand.

Die Straße, oder das, was von ihr übrig geblieben war, zog sich in einer schnurgeraden Linie durch die Ebene.

Mit ohrenbetäubendem Geheul flogen Kampfjets über sie hinweg.

»Mit ihren vielen Waffen und ihrer Armee und der Polizei schüchtert die Regierung die Leute ein«, sagte Roda, als die Flugzeuge nicht mehr zu sehen und zu hören waren.

Noch einige Male an diesem Tag sahen sie Militärflugzeuge, einige weiter entfernt, andere direkt über ihnen.

In der Nacht lagerten sie am Ufer eines ausgetrockneten Steppensees. Radspuren durchzogen die helle Erde in der Senke.

»Wie lange müssen wir noch gehen, bis wir in der Stadt sind?«, fragte Julia.

»Drei Tage«, sagte Roda.

»Wieso leben hier nirgendwo Menschen?«

»Weil es unmenschlich wäre, hier zu leben.« Sie zeigte mit der ausgestreckten Hand auf weit entfernte Berge. »Dort sind die Bergwerke. Hier ist nichts.«

Mika zeigte auf den steinigen Boden. »Hier war einmal ein See«, sagte er. »Vor tausend Jahren oder mehr. Damals haben hier vielleicht Menschen gelebt. Schaut, das sind versteinerte Zähne.«

»Menschenzähne?«

»Zähne von Menschen oder von Tieren.« Mika bückte sich und hob eine Pfeilspitze aus Quarz vom Boden auf. »Hier haben einmal Menschen gelebt.«

»Eines Tages wird das einer sagen, der in diese Stadt kommt«, sagte Roda.

»Was meinst du damit?«

»Nichts ist für ewig«, sagte Roda. »Die, die meinen Vater getötet haben, werden auch sterben. Nichts ist für ewig, das will ich damit sagen.«

Auch in dieser Nacht wagten sie es nicht, ein Feuer zu machen. Sie fürchteten die Menschenjäger, die Rodas Vater aufgehängt hatten.

Irgendwann hörten sie weit entfernte Motorengeräusche.

Und dann das leise gleichmäßige Dröhnen eines Passagierflugzeuges, das irgendwo am Nachthimmel vorüberflog.

Sie schliefen kaum. Das Baby wimmerte immer wieder. Weinte. Roda versuchte es zu beruhigen, sang dem Baby leise ein Wiegenlied.

Manchmal schwieg das Baby. Aber dann fing es wieder zu wimmern an.

»Meinst du, dass es krank ist?«, fragte Julia einmal.

»Es tut mir leid«, antwortete ihr Roda.

»Was denn?«

»Dass das Baby euch nicht schlafen lässt.«

»Vergiss es«, sagte Julia abweisend.

»Vielleicht hat es Bauchschmerzen«, sagte Mika.

»Es trinkt nur Milch«, sagte Julia. »Davon kriegt es bestimmt keine Bauchschmerzen.«

»Vielleicht hat es doch Bauchschmerzen«, sagte Roda. »Vielleicht tut ihm meine Milch nicht gut.«

»Das glaube ich nicht. Gib mir das Baby. Ich trage es ein bisschen herum.«

Roda übergab ihr das Baby und Julia ging mit ihm im Arm durch die Nacht, und das Baby hörte auf zu wimmern und schlief schließlich. Aber als sie zum Lager zurückkehrte und sich hinsetzte, fing es wieder an zu wimmern.

»Gib es mir«, sagte Mika. Und nun trug er es in der Nacht

herum und nach ihm war Roda an der Reihe, aber auch wenn das Baby still war, konnten sie kaum schlafen. Zu viele Gedanken wirbelten ihnen durch den Kopf.

Am nächsten Tag war am Himmel keine Wolke mehr zu sehen.

Die Sonne ging früh auf und stieg schnell. In der Ferne verschwanden die Hügel im Dunst. Es sah fast so aus, als wäre ein Meer in der Nähe.

»Da ist kein Meer«, sagte Roda. »Wenn hier ein Meer wäre, wüsste ich das.«

Sie kamen an den Überresten eines ausgeschlachteten und halb demolierten Lasters vorbei. Der Wind hatte Sand gegen das Wrack geweht.

Sie ließen sich im Schatten des Wracks nieder und ruhten sich aus. Roda gab dem Baby die Brust. Das Baby trank wenig. Roda sagte, dass ihre Brust schmerze. »Ich habe zu viel Milch.«

»Du kannst die Brust ausstreifen«, sagte Julia. »Habe ich mal gehört, dass man das macht.«

Nach etwa einer halben Stunde brachen sie auf und marschierten in der Hitze weiter.

Die Hitze machte ihnen mehr zu schaffen als die Kälte der vergangenen Tage. Sie raubte ihnen schnell die Kräfte und damit den Willen, weiterzugehen. Sie gingen trotzdem weiter, bis sie alle drei völlig erschöpft waren.

»Ich kann nicht mehr«, keuchte Julia.

»Ich auch nicht«, sagte Mika. »Diese Sonne kennt kein Erbarmen.«

»Ohne sie wäre es auf diese Erde kalt und dunkel und wir könnten hier nicht leben«, erklärte Roda.

»Das stimmt«, sagte Julia. »Ja, das stimmt wirklich.«

Mika lachte.

»Warum lachst du?«, fragte Julia ihn misstrauisch.

Mika hob die Schultern. Er wusste selbst nicht, warum er gelacht hatte. Vielleicht weil er sagen wollte, dass auf dieser kaputten Erde vielleicht bald kein Leben mehr existieren würde, aber er sagte es nicht.

Vielleicht lachte er nur, weil er die Energie nicht mehr aufbringen konnte, ernst zu bleiben.

Sie reichte nur noch zum Lachen.

✪

Sie kamen an den ersten Siedlungen vorbei. An einigen ausgebrannten Häusern, von denen nur noch die Zementblockmauern standen, um die Fensteröffnungen herum schwarz vom Rauch.

In der Ferne, einige Kilometer weit weg, ragten drei Reaktoren eines Atomkraftwerks auf. Weißer Rauch stieg in den Himmel.

In der Siedlung lebte niemand mehr.

Alles sah aus, als ob die Bewohner die Siedlung fluchtartig verlassen hatten. Die Häuser, die nicht abgefackelt worden waren, waren leere Hüllen.

»Hier lebten wir«, sagte Roda.

»Hier?«

»Ja, das Haus dort drüben, da lebte meine Familie.«

»Willst du hingehen?«

»Nein. Ich will da nicht mehr hin. Nie mehr. Ich will in die Stadt.«

»Wirst du sicher sein in der Stadt?«

»Ja. Mein Freund wird mich vor denen verstecken, die meinen Vater getötet haben.«

»Falls du dich wirklich auf ihn verlassen kannst.«

»Ich glaube schon, dass ich das kann. Er hat gesagt, dass er mich liebt.«

»Und jetzt? Mit dem Kind, wird er dich immer noch lieben?«

»Ich vertraue ihm. Er ist keiner, der so was nur so sagt.«

»Gut. Mit dem Kind und mit ihm solltest du glücklich werden können.«

✪

Das Flugzeug stand auf einem Flugplatz in der Wüste. Ein Grenzbeamter forderte Roda auf, das Baby auf das Förderband zum Body-Scanner zu legen und ihm die Schuhe auszuziehen.

Julia machte den Grenzbeamten darauf aufmerksam, dass die kleinen Füße des Babys nackt waren. »Es trägt keine Schuhe«, erklärte sie.

»Sie müssen ihm die Schuhe ausziehen!«, beharrte der Grenzbeamte.

Voller Verzweiflung schaute Julia in die Gesichter der Leute, die hinter ihr in der Reihe warteten, aber die meisten Leute starrten sie ungerührt an. Einige hoben die Schultern und andere lächelten mitfühlend und ein Mann sagte: »Ziehen Sie ihm doch die Schuhe aus, wenn Sie sich Ärger ersparen wollen, denn diese Grenzbeamten hier wollen nur das Beste für Sie. Wirklich. Nur das Beste.«

»Es trägt keine Schuhe!«, schrie Julia. »Es trägt keine Schuhe! Seht ihr das denn nicht?! Die Füße des Babys sind nackt. Nackt!«

»Es sind sehr schöne kleine Schuhe«, sagte eine der Frauen hinter Julia.

»Nackt!«, schrie Julia.

»Wir halten uns nur an die Vorschriften«, sagte der Grenzbeamte. »Unsere Aufgabe ist es, unser Land zu schützen.«

»Vor Terroristen«, sagte eine der Frauen in der Reihe. »Vor Selbstmordattentätern.«

»Vor illegalen Einwanderern, die sich an unserem Land bereichern wollen.«

»Ich habe einen Pass. Sogar das Baby hat einen Pass.«

»Ihren Pass könnte ich konfiszieren, wenn Sie nicht kooperieren«, drohte der Beamte.

»Dazu haben Sie kein Recht. Außerdem wäre es herzlos.«

»Ich habe kein Herz. Ich darf kein Herz haben. Das steht in den Dienstanweisungen.«

»Das Baby ist nackt!«, beharrte Julia. »Seine Füße sind nackt. Alles, was es trägt, ist seine Zahnkette.«

»Sie sollten ihm wenigstens Windeln anziehen«, schlug einer der Männer vor. »Damit wir hier weiterkommen.«

»Man hat mir empfohlen, ihm erst nach dem Body-Scanner Windeln anzuziehen«, sagte ihm Julia hilflos. »Es soll nackt sein. Keine Windeln. Keine Schuhe.«

»Dann ziehen Sie ihm wenigstens die Schuhe aus. Wenigstens die Schuhe. Wir wollen hier nicht mehr länger anstehen.«

»Soll ich ihnen helfen?«, sagte ein junger Mann, der sich vorgedrängt hatte.

»Wie denn?«

»Indem ich ihn einfach erschieße.«

Der junge Mann zeigte auf einen weiß lackierten Ledergürtel mit einem ebenfalls weiß lackierten Pistolenhalfter, die auf einem Metalltisch lagen. Im Halfter steckte die Dienstpistole des Grenzbeamten.

»Wenn man will, kann man einem Mitmenschen immer helfen«, sagte der junge Mann, langte nach dem Griff der Pistole, zog sie aus dem Halfter und schoss dem Grenzbeamten eine Kugel in den Kopf.

Das Baby begann zu weinen.

»Es braucht die Milch seiner Mutter«, sagte Julia.

»Sind sie nicht seine Mutter?«

»Nein. Seine Mutter ist in der Stadt.«

»In der Stadt? In welcher Stadt? Hier gibt es keine Stadt.«

»Hier gibt es keine Stadt?«

»Nein.«

Julia sah sich um. Irgendwo, hoffte sie, kann ich in der Erde versinken. Irgendwo ist Platz für mich und für das Baby.

✪

»Ist irgendwo ein Platz auf der Welt, wo ein Baby ein Baby sein kann?«, fragte Julia.

Mika sah sie an. Die eine Hälfte ihres Gesichtes befand sich im gelben Licht einer Straßenlaterne, die andere im Dunkel der Nacht. Sie hatte das schlafende Baby im Arm.

Sie saßen am Rand eines Feldweges, nicht weit von der Straße entfernt, die in die Randquartiere der Stadt führte.

Mika hatte eine schmutzige und zerknitterte Doppelseite einer Zeitung gefunden, die der Wind in den Straßengraben geweht hatte. In fetten Lettern wurden die Stadtbewohner aufgefordert, ab 21 Uhr ihre Häuser nicht mehr zu verlassen.

Irgendwo in der Stadt fielen Schüsse. Danach war es wieder still.

»Hast du schlecht geträumt?«, fragte Mika Julia.

»Bin ich eingeschlafen?«

»Ja. Mit dem Kopf an meiner Schulter.«

»Und das Baby?«

»Es schläft.«

»Wenn seine Mutter nur bald zurückkäme!«

»Die Regierung hat eine Ausgangssperre verhängt. Da wird Roda sich durch die Stadt schleichen müssen.«

»Wie heißt diese Stadt?«

»Weiß ich nicht mehr. Hier steht nur, dass die Leute ab neun Uhr nicht mehr rausdürfen.«

Wieder fielen Schüsse. Ein Schützenpanzer bog auf einen kreisförmigen Platz ein, auf dem ein großes Denkmal stand.

»Trotz aller Denkmäler ist die Welt ziemlich kaputt, Mika«, sagte Julia. »Ich fürchte, dass dieses Baby in einer kaputten Welt aufwachsen wird.«

»Du hast schlecht geträumt, Julia. Ich habe es gemerkt. Deine Arme und Beine haben fortwährend gezuckt. Und du hast gewimmert wie ein kleines Kind, dem man Angst einjagt.«

Julia blickte zum Platz hinüber. Der Schützenpanzer drehte eine Runde nach der anderen um das Denkmal herum und leuchtete mit dem gleißenden Licht eines Suchscheinwerfers die Ränder des Platzes ab.

»Wir wollten in meinem Traum mit einem Flugzeug irgendwohin fliegen.«

»Wohin?«

»Weiß ich nicht. Ich denke, es war in Afrika. Am Rande der Sahara.«

Mika umarmte sie. Sie begann zu weinen. Er ließ sie weinen, strich ihr sanft über das Haar.

Julia weinte lange. Das hatte sie noch nie getan. Er fragte sich, ob er sie überhaupt jemals so wie heute weinen gesehen hatte, aber er konnte sich nicht erinnern.

Als sie sich ausgeweint hatte, fragte er sie, ob sie nach Hause gehen sollten.

Sie schüttelte den Kopf. »Wenn wir jetzt nach Hause gehen, haben wir nichts erreicht.«

»Gab es etwas, was wir erreichen wollten?«

»Wir sind einfach weggegangen.« Julia legte ihren Kopf gegen seine Schulter. »Wir hatten diesen Traum. Und sonst nichts.«

»Eine Hoffnung.«

»Welche Hoffnung?«

»Dass die Welt irgendwo nicht ganz kaputt ist.«

»Wo denn?«

»Es ist überall anders, Julia. Nirgendwo ist es gleich. Aber mir scheint, als ob wir von einem Chaos ins andere gelangt wären. Schau diesen Panzer dort drüben an. Glaubst du, die Soldaten wissen, was sie tun? Sie fahren im Kreis herum, weil ihnen jemand den Befehl dazu gegeben hat. Glaubst du, sie wissen, dass wir hier sitzen und auf die Mutter dieses Babys warten? Glaubst du, sie wissen, dass dieses Baby überhaupt existiert? Und wenn sie es wüssten, würden sie es töten?«

»Vielleicht würde es einer von ihnen in den Arm nehmen wollen, Mika.«

»Sollen wir es versuchen?«

Julia wischte sich die Tränen vom Gesicht.

»Ein Soldat, der ein Baby küsst. Vielleicht sind wir weggegangen, um das zu erleben.«

»Ist das dein Ernst?«

»Nein. Es ist ein kleines Stück Hoffnung.«

Julia gab ihm keine Antwort.

»Wir sollten die Hoffnung nicht aufgeben, Julia. Nicht jetzt. Das Baby wird es gut haben zusammen mit seiner Mutter und ihrem Freund.«

»Und wir? Was ist mit uns? Ich bin müde, Mika. Ziemlich müde. Und mir ist schlecht.«

»Wir werden weiterziehen.«

»Wohin? Wir sind schon so lange unterwegs auf dieser Straße, auf der wir schon so vielen verzweifelten Menschen begegnet sind.«

Sie duckten sich, als der Strahl des Suchscheinwerfers über ein brach liegendes Feld strich. Der Schützenpanzer hatte angehalten. Der Turm mit dem Maschinengewehr drehte sich langsam. Hinter dem Maschinengewehr war der obere Teil einer dunklen Gestalt zu sehen.

»Sie haben uns entdeckt«, flüsterte Julia.

»Wir könnten weglaufen.«

»Dann würden sie sofort zu schießen anfangen, Mika.«

«Sollen wir aufstehen und auf sie zugehen?«

Der Strahl der Scheinwerfer traf sie nun voll.

Mika hob beide Hände und erhob sich. Etwas krumm stand er da, die Hände hoch über seinem Kopf. Der Schützenpanzer stellte sich quer.

»Komm, Julia, zeig ihnen das Baby.«

Julia erhob sich. Das Baby wachte auf. Mit dem Baby im Arm ging sie vom Licht geblendet durch das Feld zur Straße. Mika folgte ihr. Am Rand des Platzes blieben sie stehen. Etwa dreißig Schritte waren sie vom Schützenpanzer entfernt, aber im blendenden Licht konnten sie nur schwach seine Umrisse erkennen.

Im leisen Grollen des Motors erklang jetzt eine leicht scheppernde Stimme. »Ich habe euch im Visier«, sagte der Soldat hinter dem Maschinengewehr.

»Wir sind unbewaffnet!«, rief Mika. »Und wir haben ein Baby!«

»Ihr beide, wo kommt ihr her?«

Julia beschattete mit einer Hand ihre Augen.

»Wir warten hier auf die Mutter des Babys!«, erklärte sie.

»Bist du nicht die Mutter?«

»Nein.«

»Und wer ist der Mann neben dir?«

»Das ist mein Freund.«

»Wohnt ihr hier in der Stadt?«

»Nein. Wir sind nicht von hier.«

»Von wo kommt ihr?«

»Wir waren auf der langen Straße unterwegs.«

»Seid ihr durch die große Steppe gekommen?«

»Ja.«

»Dann kommt her.«

Der Suchscheinwerfer ging aus. Die Frontscheinwerfer des Schützenpanzers blieben jedoch an.

Mika und Julia gingen auf den Platz hinaus. Auf dem Schützenpanzer wurde der Deckel einer Ein- und Ausstiegsluke geöffnet. Ein Soldat zwängte sich aus der Luke und sprang vom Schützenpanzer auf den mit Glassplittern übersäten Asphalt des Platzes herunter. Er hatte einen Schnellfeuerkarabiner im Anschlag.

Ein anderer, mit einem schmutzigen, blutverklebten Pflaster unter dem linken Auge, erschien in der Luke.

Mika und Julia blieben vor dem Soldaten stehen, der sich breitbeinig vor ihnen aufgestellt hatte.

»Wem gehört dieses Baby?«, fragte er.

»Seine Mutter hat es dort draußen in der Steppe geboren. Sie war auf dem Weg in die Stadt zum Vater des Babys.«

»Wie heißt es?«

»Es hat noch keinen Namen. Sie hat uns gebeten, auf das Baby aufzupassen und auf sie zu warten.«

»Vielleicht hat sie euch das Baby nur gelassen, weil sie es nicht haben will.«

»Nein, das glaube ich nicht. Sie hat gesagt, dass sie den Vater des Bays holen will, weil in dieser Stadt niemand seines Lebens mehr sicher ist, nicht einmal mehr eine Mutter mit einem Baby.«

»Das stimmt leider. Wir versuchen Ordnung zu halten, aber es ist schwierig.«

Der Soldat auf dem Schützenpanzer beugte sich herunter. »Darf ich das Baby mal sehen?«

Julia hob ihm das Baby hin. Der Soldat nahm es ihr sachte aus den Händen und drückte es an seine Brust.

»Es ist lange her, seit ich meinen Sohn in den Armen gehalten habe«, sagte er.

»Wo ist dein Sohn?«, fragte ihn Mika.

»Bei meiner Frau«, antwortete der Soldat. »In einem Dorf in den Bergen. Sie ist allein mit den Kindern, obwohl mein Herz mit dem meines Sohnes zusammengewachsen ist. Aber es ist nicht zu ändern.« Der Soldat küsste das Baby.

»Es ist ein Mädchen«, sagte Julia.

Der Soldat lächelte. »Ich habe auch ein Tochter«, erklärte er. »Sie scheint stärker zu sein als mein Sohn. Sie kommt mit der Situation besser zurecht, aber ich fürchte, dass sie auch sehr unter der Trennung leidet.«

Der Soldat küsste das Baby noch einmal, dann gab er es Julia zurück. »Passt gut auf dieses kleine Kind auf«, sagte er. »In dieser Stadt ist die Hölle los.«

»Krieg?«

»So etwas Ähnliches. Viele Leute sind unzufrieden. Sie wollen die Regierung stürzen.«

»Und ihr sollt sie daran hindern.«

»Wir werden sie daran hindern«, antwortete der Soldat im Brustton der Überzeugung.

»Warum? Haben die Leute nicht das Recht, unzufrieden zu sein, und das auch zu sagen?«

»Ich kann diese Frage nicht beantworten. Ich bin Soldat, seit ich achtzehn Jahre alt war. Ich stelle keine Fragen und gebe keine Antworten. Die Befehle erhalte ich von den Vorgesetzten, den Sold am Ende des Monates von der Regierung.«

»Es sind die Menschen hier, die Ihnen den Sold bezahlen«, sagte Julia mit fester Stimme.

»Das mag sein«, gab der Soldat zurück. Dann lachte er. »Es ist Ausgangssperre. Eigentlich hätten wir euch niederschießen sollen.«

Er drehte sich um, kletterte auf den Schützenpanzer und ließ sich durch die Luke ins Innere gleiten.

Die Luke schloss sich. Der Schützenpanzer schwenkte auf die Straße ein, die vom Platz zum Stadtzentrum führte. Links und rechts der Straße lagen Häuser in Trümmern. In einer langen Reihe von Lampen brannten nur noch wenige.

An einer dunklen Stelle überquerte ein räudiger Hund die Straße.

Die Soldaten erschossen ihn mit einer Garbe aus dem Maschinengewehr.

Das Baby fing an zu weinen.

✪

Im bleiernen Licht des Morgengrauens riss Sirenengeheul die Stadt aus ihrem Koma.

Über den flachen Hügeln im Osten ging hinter Rauchschwaden die Sonne auf.

Roda kehrte im verbeulten Auto ihres Freundes zurück zu Mika und Julia, die sich wieder in einer tiefen Furche des Feldes versteckt hatten.

»Das ist mein Baby«, sagte sie und zeigte es ihrem Freund.

Ihr Freund war ein hagerer junger Mann, der eine braune Pudelmütze trug und eine Lederjacke mit Fellkragen. Er hieß Daniel.

Einige Scheiben in den Hochhäusern der Stadt leuchteten in der Morgensonne auf. Ein Krankenwagen fuhr mit heulenden Sirenen einmal um den Platz herum und schwenkte auf die Hauptstraße ein. Dort lag der tote Hund im Graben. Andere Hunde stritten sich um den Kadaver, zerrten mit ihren Zähnen an ihm herum, knurrten und kläfften sich gegenseitig an.

»Das Baby ist in Ordnung«, sagte Daniel. »Es könnte mein Baby sein.« Er wandte sich an Mika. »Kommt ihr mit?«

»Wohin?«

»In das Stadtzentrum.«

»Was ist los dort?«

»Die Leute demonstrieren gegen die Regierung und gegen den Präsidenten. Die Polizei hat angefangen auf die Menschen zu schießen. Bis jetzt sind ein paar Dutzend Leute getötet und verletzt worden. Wenn wir durchkommen, könnt ihr euch bei mir zu Hause ausruhen und von den Strapazen erholen.«

»Ihr könnt was essen«, schlug Roda vor. Sie lächelte und sie sah in diesem Moment glücklicher aus, als Mika und Julia sie je gesehen hatten.

»Frühstück«, sagte ihr Daniel. »Ihr habt bestimmt Hunger.«

»Und wie«, sagte Mika.

»Okay, steigt ein. Die Mädchen mit dem Baby hinten. Und falls wir angehalten werden, nur nicht die Nerven verlieren.«

Sie stiegen ein und fuhren am Kadaver des toten Hundes vorbei die breite Straße entlang, die zum Stadtzentrum führte. Links und rechts reihten sich halb zerfallene Bretter- und Blechhütten. Mitten auf der Straße lag ein ausgebranntes Autowrack auf dem Dach. In einer Lücke zwischen den Hütten stand ein Panzer.

»Was ist hier los?«, fragte Mika.

»Ausnahmezustand«, sagte Daniel. »Dieses Land wird von Gaunern regiert. Von Ausbeutern und Verbrechern. Jetzt haben wir endlich angefangen, für unsere Freiheit zu kämpfen.«

Näher im Stadtzentrum fuhren Schützenpanzer herum. Auf einigen Gebäuden waren Maschinengewehre postiert. Der Verkehr wurde dichter. An einer Kreuzung waren stählerne Barrikaden aufgebaut, mit denen der Regierungsbezirk abgeriegelt wurde. Auf einem Platz vor der Stadtbibliothek war eine Menschenmenge versammelt. Soldaten hinderte sie daran, eine Barrikade niederzureißen.

»Wir haben in der Nacht Schüsse gehört«, sagte Mika.

»Polizisten der Regierung in Zivil. Eine richtige Mörderbande. Sie schießen auf alles, was sich bewegt. Ihre Befehle erhalten sie direkt vom Präsidenten und von seinem Bruder, den er zum Polizeichef ernannt hat. Bis zum Wochenende werden Tausende und Abertausende auf die Straße gehen und gegen diese korrupte Regierung demonstrieren. Das Volk hat keine andere Wahl mehr. Es muss sich aus den Fesseln der Diktatur befreien. Nur so können wir überleben.«

»Wie wollt ihr diesen Kampf gewinnen? Ohne Waffen seid ihr machtlos. Und die Armee ist auf der Seite der Mächtigen. Das ist wie fast überall auf der Welt.«

»Die Generäle schon. Aber ich denke nicht, dass alle Soldaten den Befehlen der Generäle gehorchen werden, wenn das ganze Volk aufbegehrt. Jetzt sind es noch wenige, aber es werden von Tag zu Tag mehr.«

»Wirst du mit ihnen kämpfen?«, fragte Roda.

»Es geht nicht mehr anders. Wir müssen alle gemeinsam versuchen die Regierung zu stürzen.«

»Und wenn die Soldaten weiter auf euch schießen werden?«, wandte Julia ein.

»Es sind zu viele von uns, wenn wir zusammenhalten. Sie müssten uns alle töten. Bis jetzt haben sie in diesem Jahr etwa zwei- oder dreihundert getötet. Viele mehr haben sie gefangen genommen. Politische Gegner der Mächtigen. Man hat einige von ihnen zu Tode gefoltert. Schriftsteller und Journalisten. Jetzt versucht die Regierung das Internet lahmzulegen. Kein Facebook mehr und kein Twitter. Aber das hier haben wir noch.«

Er zeigte Mika sein Handy.

»Am Freitag wird es losgehen. Alle gehen auf die Straße. Es werden Tausende sein. Beginnen wird es auf dem Platz der Universität. Wir werden einfach auf die Straße gehen, und wenn die Panzer durchkommen wollen, müssen sie uns niederwalzen. Ich bin sicher, dass sie das nicht tun werden. Und wenn die Soldaten ihren Vorgesetzten den Gehorsam verweigern, haben wir gewonnen. Dann wird in unserem Land endlich eine Demokratie entstehen.«

Bei einem Checkpoint mussten sie in einer Schlange warten, bis man ihre Papiere kontrollierte.

»Keine Sorge, sie wollen nur meinen Ausweis sehen und die Bewilligung, die es mir gestattet, mit meinem Privatauto in der Stadt herumzufahren.«

Die Soldaten beim Checkpoint schienen nervös. Einer von ihnen kam zur anderen Seite des Autos und bedeutete Mika, das Fenster herunterzulassen. Mikas Hand zitterte, als er nach dem Drehgriff langte.

Der Soldat warf einen Blick durch die Fensteröffnung und entdeckte das Baby.

»Was ist mit dem Baby?«, fragte er.

»Es soll heute getauft werden«, erklärte ihm Roda als Ausrede.

Der Polizist sah sie misstrauisch an. »Heute? An einem solchen Tag?« Er schüttelte den Kopf. »Nein, an einem solchen Tag sollte kein Baby seinen Namen erhalten.«

Irgendwo in der Nähe gab es eine Explosion. Durch die Heckscheibe sahen sie, wie ein Auto, das in der Reihe hinter ihnen stand, in Flammen aufging. Metallteile flogen durch die Luft. Schwarz gekleidete Polizisten fingen an, in eine Menschenmenge zu schießen, die den dunklen Rauchschwaden zu entfliehen versuchte. Einige der Menschen brachen zusammen.

»Weiter!«, brüllte einer der Soldaten am Checkpoint. »Weg von der Straße, verdammt!«

Sie fuhren an einer Absperrung vorbei. Vor ihnen tauchte ein riesiger Panzer auf. Sein Maschinengewehr spuckte Feuer und Blei. Die Scheibe auf der Fahrerseite zerbarst.

»Erbärmliche Bastarde!«, wütete Daniel, der das Steuer reaktionsschnell herumriss und durch dieses Manöver dem Panzer ausweichen konnte.

Sie fuhren in eine schmale Straße hinein.

Hinter ihnen, auf dem Platz, herrschte jetzt das Chaos.

Autos hupten. Maschinengewehre ratterten. Einzelne Schüsse fielen. Jemand brüllte durch ein Megafon. Verzweifelte Menschen schrien. Der Lärm ging in einer zweiten Explosion unter.

»Niemand wird uns aufhalten können!«, keuchte Daniel. Blut lief von einer Schramme an der Stirn über sein Gesicht.

Das Baby brüllte.

Julia zitterte am ganzen Leib. Mika langte über die Rückenlehne zurück und erwischte ihre Hand.

»Es wird alles gut, Julia!«, stieß er hervor.

Sie fuhren kreuz und quer durch die Stadt.

Überall liefen Menschen umher. Autos steckten in Staus. Die Panzer kamen nicht mehr durch. Leute versperrten ihnen den Weg. Schwenkten blaue Tücher und Banner. Einige hoben die neue Fahne in die Luft, die Fahne ihres demokratischen Landes, das es noch nicht gab.

Es war Mittwochmorgen. Noch zwei Tage, bevor die große Demonstration beginnen sollte.

Zwei Tage Gnadenfrist für die Regierung hätten es sein sollen, aber die Leute stürmten die Barrikaden und rannten ungeachtet der Panzer über den Platz vor dem Regierungsgebäude.

Erst als sie das Gebäude stürmen wollten, wurden sie von einem Kugelhagel aufgehalten.

Dutzende von ihnen starben. Noch mehr wurden verletzt. Die Menschen schleppten Tote und Verwundete über den Platz. Andere flohen.

Plötzlich dröhnte aus versteckten Lautsprechern Musik. Dann erklang die Stimme des verhassten Präsidenten:

»Geht nach Hause, Leute. Ich bin für euch da, solange ihr es wollt. Ich werde eure Sorgen und Nöte mit meinem Kabinett besprechen und entsprechend reagieren! Genug des Blutvergießens!«

Die Stimme ging im höhnischen Geheul der Menge unter. »Wir wollen dich nicht mehr!«, schrien die Menschen hasserfüllt. »Du hast uns lange genug belogen und betrogen.«

Und die Menschen, die sich den Panzern und den Soldaten am nächsten befanden, riefen:

»Richtet eure Waffen auf die, die uns betrügen!«

»Richtet eure Waffen auf die, die uns ausbeuten!«

Wie eine Welle brandeten ihre Stimmen durch die Straßen der Stadt.

»Richtet eure Waffen auf die wahren Feinde von Freiheit und Demokratie!«

Die Panzer schossen nicht, trotzdem traute sich jetzt niemand mehr in ihre Nähe.

✪

Auf einem der Plätze, mitten in einer Menschenmenge, übergoss sich ein Mann mit Benzin und zündete sich an.

Zwei Militärhubschrauber schwebten über dem Platz, einer im Schatten des Bürogebäudes, in dem sich die Redaktion der Zeitung befand, für die Mikas Mutter gearbeitet hatte, der andere im Licht der Morgensonne.

Der Lärm ihrer Rotoren übertönte das Geschrei der Menschen.

Mika lief zum Ufer des Flusses hinunter.

In der Strömung trieben blasse Leichen langsam am Ufer entlang.

Mika rief Julias Namen.

Er rutschte auf dem Hintern die Uferböschung hinunter, und ohne die Schuhe auszuziehen, watete er durch das seichte Wasser. Der Grund des Flusses war schlammig, quoll ihm wie ein Brei zwischen den Zehen hindurch. Er hatte Mühe, im Gleichgewicht zu bleiben, während er die herantreibenden Leichen mit den Händen an sich vorbeilenkte.

Sie waren alle nackt und schwammen mit dem Gesicht nach unten den Fluss hinunter.

Plötzlich sah er Julia. Er erkannte sie an ihrem Haar und an ihrem schmalen, weißen Rücken.

Mika stürzte sich in die Strömung und es gelang ihm, Julia am Arm zu packen und festzuhalten. Sie drehte sich im Wasser, richtete sich auf und lag lachend in seinen Armen. Sie küssten einander.

»Komm, wir schwimmen zur Insel«, rief sie.

Sie schwammen durch den Fluss. Das Licht der Sonne spiegelte sich im Wasser. Auf der Insel legten sie sich in den Schatten des einzigen Baumes. Durch das Geäst schauten sie zum Himmel auf. Zwei Linienflugzeuge kreuzten ihre Flugbahnen, lange dünne Kondensstreifen im Blau des Himmels.

»Wenn wir nur für immer hierbleiben könnten«, sagte Julia.

»Einmal bauen wir uns hier ein kleines Haus«, versprach ihr Mika.

»Eine Hütte würde genügen. Mit einem Kachelofen für den Winter, wenn der Fluss gefriert und das Eis die Insel einschließt.«

»Was ist mit all den Leichen, Julia?«

»Mit welchen Leichen?«

»Die Leichen im Fluss.« Mika setzte sich auf. »Hunderte von Leichen. Du bist mitten unter ihnen geschwommen.

Julia lachte.

»Ich habe keine Leichen gesehen, Mika. Nicht eine einzige.«

✪

Es war Freitagmorgen.

Der Tag der Befreiung.

Obwohl in der Nacht niemand draußen hätte sein sollen, waren immer mehr Leute durch die Stadt gezogen, beobachtet von den Soldaten in den Schützenpanzern und in den MG-Nestern auf den Flachdächern der Häuser.

Immer wieder fielen Schüsse. Salven aus Maschinenpistolen.

Die ganze Nacht hindurch flogen Hubschrauber über der Stadt.

»Unsere Soldaten werden nicht auf euch schießen«, hatte der Präsident in einer Fernsehansprache seinem Volk versprochen. »Ich habe persönlich den Generälen der Armee befohlen, keinen einzigen Schuss mehr abzufeuern, denn ich respektiere das Recht meines Volkes, seine Meinung durch eine friedliche Demonstration kundzutun!«

Das Volk wusste, dass sein Präsident log. Das tat er, seit er an der Macht war. Wenn es etwas gab, worauf sich das Volk verlassen konnte, dann war es die Tatsache, dass ihr Präsident log, wann immer er den Mund aufmachte.

Jetzt zogen sie zu Tausenden durch die Straßen, einige mit Transparenten, auf die sie geschrieben hatten, was ihnen seit Langem auf dem Herzen lag. Dass sie mit einer demokratisch gewählten Regierung selbst über ihr Land bestimmen wollten. Dass ihr Präsident zurücktreten sollte, und zwar nicht erst am Ende seiner Amtszeit, sondern schon heute.

Einige hatten aus Decken und Lumpen lebensgroße Puppen angefertigt, die sie an Laternenpfählen und Strommasten aufhängten.

»Verräter des Volkes«, schrieben sie auf Schilder, die sie den Puppen um den Hals hängten. BETRÜGER. AUSBEUTER. VERBRECHER. Viele der Banner waren mit roter Farbe bespritzt, so als wäre es Blut jener, die für ihre Anliegen eingetreten waren und von der Regierung dafür zu Tode gefoltert oder einfach hingerichtet wurden.

Nur wenige Menschen trugen offen Waffen. Gewehre und Pistolen.

Viele besaßen überhaupt keine Schusswaffen. Der Besitz von Waffen war von der Regierung für illegal erklärt worden. Wer zu Hause Waffen versteckte und erwischt wurde, kam ins Gefängnis.

Noch immer glaubten viele Leute, dass sie die Regierung durch eine gewaltlose Demonstration stürzen konnten. Deshalb kamen sie in Scharen, und als es Tag wurde, waren sämtliche Straßen verstopft und auf den Plätzen wimmelte es von Männern und Frauen und Kindern.

Eine von ihnen war Roda mit ihrem Baby, das sie in einem Tuch bei sich trug, dicht an ihrer Brust und so, dass sie es mit einem Arm schützen konnte, während sie mit dem anderen im Gewühl die Leute von sich fernhielt.

Daniel hatte, aber das wusste niemand, eine Pistole unter der Lederjacke versteckt, die einmal seinem Vater gehört hatte. Doch ein Blick auf die Panzer machte ihm Angst, denn wie viele es auch immer waren, gegen zehntausend Soldaten der Regierung würde er mit einer Pistole kaum etwas ausrichten können.

Zehntausend Soldaten oder mehr.

Vor der Stadt, beim Militärgelände am Flughafen, warteten noch einige Einheiten auf ihren Einsatzbefehl. Unter ihnen ausländische Söldnertruppen.

Ob sie alle marschieren würden, wenn es ihre Vorgesetzten, die hohen Offiziere, von ihnen verlangten? Ob sie im Gleichschritt in die Stadt eindringen würden, fest entschlossen, jene zu töten, die tatsächlich ihre Brüder und ihre Schwestern waren, ihre Mütter und Väter, ihre Freunde und Geliebten?

Die Leute fürchteten die ausländischen Söldner, denen der Ruf vorausging, keine Moral und keine Gnade zu kennen. Ein organisierter Haufen gut bezahlter Mörder, bis an die Zähne bewaffnet.

Ihnen gegenüber standen Männer und Frauen des Volkes, die noch nie getötet hatten. Zu diesen gehörten auch über tausend Bergwerksarbeiter, die ihre Stollen und ihre Barackenlager in den nahen Bergen verlassen hatten, um gegen die Soldaten und die Söldner zu kämpfen; wenn es sein musste, mit ihren Spitzhacken und mit den langen stählernen Bohrern.

Eine schmutziger Haufen waren sie, die Männer aus den Bergwerken, mit kohlenstaubverschmierten Gesichtern und den Klamotten, die sie unter Tage trugen.

Furchtlos zogen viele von ihnen zu einem der bewachten Waffendepots in der Nähe des Militärflughafens. Den Kampf im Zentrum der Stadt wollten sie den Studenten überlassen und den Leuten, die in der Stadt lebten und sich dort auskannten, den Alten und den Frauen, die für ihre Rechte eintreten wollten.

✪

Ein alter Mann saß auf einer Stufe der Treppe, die zum Haupteingang der Universität hinaufführte.

Der alte Mann hatte einen mächtigen weißen Bart und trug eine Strickmütze. Fast blind war er, aber sein Enkel hatte ihn hierhergeführt, ein Junge, kaum zehn Jahre alt, stolz und ohne Angst. Er hielt den alten Mann am Arm fest und der sah zu Mika auf, der in der Menge stand.

»Du siehst nicht aus wie einer von uns«, sagte er zu Mika. »Wer bist du, Fremder?«

»Mika. Das ist mein Name. Meine Freundin und ich sind vor einiger Zeit von zu Hause weggegangen.«

Mika sah sich nach Julia um. Er bemerkte Roda mit ihrem Baby in der Menge. Julia befand sich in ihrer Nähe.

»Warum seid ihr von daheim weggegangen? Gab es irgendwo am Horizont ein Licht? Einen kleinen Hoffnungsschimmer, den auch ich sehen könnte?«

»Nein. Wir hatten den gleichen Traum. Das ist alles.« Mika setzte sich auf die Stufe neben den alten Mann und den Jungen. »Ich dachte, du bist blind, alter Mann«, sagte er lächelnd. »Dabei siehst du vielleicht mehr als ich.«

Der alte Mann lachte. Er hatte schiefe, gelbe Zähne im Mund. »Die Zukunft sehe ich vielleicht nicht mehr so klar, mein Sohn, wie sie sich in meinen jungen Jahren zeigte, und in der Vergangenheit sehe ich nicht nur die schönen Dinge meines Lebens, sondern auch die Fehler, die ich gemacht habe.«

»Trauerst du den verpassten Gelegenheiten nach, das zu tun, was heute die jungen Menschen in vielen Ländern tun?«

»Du bist ein gescheiter Bursche, mein Sohn.« Der alte

Mann reckte seinen dünnen Hals. »Heute ist der Tag, an dem sich mein Volk aus der Knechtschaft befreit.

Mika sah den Jungen an. Er erinnerte ihn an den Jungen mit dem kleinen Hund, der gefangen genommen worden war.

Der Junge grinste schief.

»Bist du bereit zu sterben?«, fragte er Mika.

»Nein«, antwortete Mika bestimmt.

»Warum bist du dann hiergeblieben, anstatt schnell weiterzuziehen?«

»Weil ich den Sieg erleben will.«

»Aber die Soldaten könnten jederzeit damit anfangen, auf uns zu schießen«, sagte der Junge, ohne dass das Grinsen aus seinem Gesicht wich.

»Ich weiß«, sagte Mika.

Und kaum hatte er ausgesprochen, fielen irgendwo in der Stadt Schüsse. Zuerst einzelne, aber dann fingen Maschinengewehre an zu rattern und Menschen schrien und die Menge geriet in Bewegung.

Mika sah, wie Julia und Roda im Gewühl der Menschen verschwanden.

Ihre Furcht überwindend gingen sie mit den anderen Demonstranten den Panzern entgegen, die schon in der Nacht Aufstellung genommen hatten.

»Warte, Julia!«, schrie Mika, aber seine Stimme ging im Lärm unter.

Zuerst schossen die Regierungssoldaten über die Köpfe der Menschen hinweg. Ihre Kugeln schlugen in die Fassade und in die Fenster des gegenüberliegenden Gebäudes, das zur Universität gehörte. Fensterglasscherben und Stücke der Sandsteinquader, aus denen das Gebäude gebaut war, prasselten auf die Menschen nieder.

Einige Jungs, kaum älter als zwölf, hoben die Steine auf und schleuderten sie auf die Panzer.

Mika und der Junge halfen dem alten Mann auf die Beine.

»Ich muss weg!«, rief Mika ihnen zu. Dann versuchte er sich einen Weg durch die Menge zu bahnen, in der sich Roda und Julia befanden. Für einen Moment glaubte er im Gewühl Daniel zu erkennen, aber eine Sekunde später konnte er ihn schon nicht mehr sehen.

Mika rief nach Julia. Ein Mann, der sich etwas mehr Platz verschaffen wollte, rammte ihm den Ellbogen in die Rippen.

Die Maschinengewehre verstummten plötzlich. Die Menge brach in Triumphgeschrei aus. Tausende von Fahnen und Transparenten flatterten über den Köpfen der Menschen.

Eine, vielleicht zwei Minuten lang glaubten sie an ihren Sieg.

Dann fingen die Maschinengewehre erneut zu schießen an und jetzt waren sie auf die Menschen gerichtet.

Die Kugeln fegten Schneisen in die Menge, die jetzt vorwärts stürmte, mitten hinein in den Kugelhagel.

Mika spürte, wie er getroffen wurde. Er stürzte. Plötzlich hatte er Blut im Mund. Jemand packte ihn am Arm und zerrte ihn auf die Beine.

Mika taumelte vorwärts.

Der Mann, der ihn mit sich zog, fiel hin. Andere trampelten über ihn hinweg. Mika wurde weitergeschoben. Dicht gedrängt näherten sich die Menschen den Panzern, stiegen über die Toten hinweg, fielen, rappelten sich auf, taumelten weiter.

Als Mika die Panzer dicht vor sich hatte, stand er plötzlich allein inmitten der Verletzten und Toten. Er breitete seine Arme aus, um sich im Gleichgewicht zu halten. Sein Gesicht und die Hände waren blutverschmiert, sein Hemd und die Hose voll mit seinem Blut und mit dem Blut anderer.

Wankend stand Mika vor den Panzern und erwartete, dass ihn die nächsten Kugeln treffen würden.

Aber die Soldaten schossen nicht mehr. Mika brach zusammen.

Schwach hörte er eine Stimme seinen Namen rufen.

Er drehte den Kopf. Alles, was er sah, war die Menschenmenge hinter sich. Obwohl so viele gefallen waren, schien sie nicht kleiner geworden zu sein. Im Gegenteil, der ganze Platz war voll mit Menschen.

Dicht gedrängt standen sie und schrien wie aus einem Mund: »Freiheit und Gerechtigkeit für alle!«

Mika hörte es, aber der Schrei wurde leiser, bis er die Worte nicht mehr verstehen konnte.

Dann umfing ihn eine tiefe Stille, in der auch die Stimme verklang, die seinen Namen rief.

✪

Mika tastete sich durch ein unterirdisches Labyrinth von Gängen und Höhlen.

Nirgendwo Licht und trotzdem war es nicht ganz dunkel.

Von irgendwoher drang ein gleichmäßiges Klopfen.

Obwohl Mika nicht wusste, wo er sich befand, glaubte er nicht, dass er sich verirrt hatte. Irgendwo würde er auf Menschen treffen. Er hörte ihre Stimmen. Er hörte sie reden und lachen, Männer und Frauen, und er hörte fröhliche Kinder miteinander spielen.

Nur manchmal, wenn er stehen blieb, wurde es so still um ihn herum, als wäre alles Leben erloschen.

Kein Geräusch mehr.

Mika hörte nichts, aber auch gar nichts mehr, nicht einmal seinen eigenen Herzschlag.

Sobald er weiterging, ging auch das Leben weiter.

Wo sich die Menschen, deren Stimmen er hörte, befanden, konnte er nicht sagen. Manchmal schien ihm, als brauchte er nur noch wenige Schritte zu gehen, um ihnen zu begegnen; manchmal schien ihm, als befänden sie sich in anderen Gängen und Höhlen, weit von ihm entfernt, vielleicht so weit, dass er aufgeben würde, nach ihnen zu suchen.

Zu müde, weiterzugehen.

Aber Mika ging weiter, bis er in eine Höhle kam, in der Kinder spielten.

Die Kinder beachteten ihn nicht. Merkten überhaupt nicht, dass er da war.

Nicht einmal Julia sah ihn. Sie trug ein blutrotes Kleid. Ihr Haar war zu einem Pferdeschwanz gebunden. Sie hüpfte mit anderen Mädchen im Kreis. Die Mädchen hielten sich an den Händen und sangen ein Lied.

In der Mitte des Kreises stand Mika selbst.

Er sah sehr klein aus. Schmächtig.

Verloren.

✪

Fünf Tage und drei Nächte, in denen Mika die meiste Zeit ohnmächtig oder in fiebrigen Träumen versunken war, dauerte der blutige Kampf.

Söldner zogen in Gruppen durch die Straßen, drangen in Wohnungen ein, vergewaltigten Frauen und Mädchen, töteten auch kleine Kinder.

Kampfflugzeuge bombardierten Wohnquartiere. Die wichtigste Brücke über den Fluss wurde zerstört.

Bergwerksarbeitern gelang es, eines der Waffenlager zu stürmen und zu besetzen. Stunden später wurde das Lager bombardiert. Die Explosionen ließen die Erde erbeben.

Andere Arbeiter zogen zu einem der großen Depots. Dort gaben die Soldaten auf und schlossen sich den Bergarbeitern an.

In der Stadt gaben einige Panzer auf, ohne einen einzelnen Schuss abzufeuern.

Andere walzten die Menschen nieder, die sich ihnen in den Weg stellten.

Je mehr Waffen die Leute erbeuteten, desto aussichtsloser

wurde der Kampf der Soldaten, der Präsidentengarde und der Söldner.

Der Präsident gab schon am dritten Tag auf und verließ das Land fluchtartig.

Militärhubschrauber mit seinen Familienmitgliedern und seinen Generälen und Polizeichefs stiegen mitten in der Nacht in den rauchverhüllten Himmel und flogen nach Westen in ein Land, das dem Präsidenten und seinem Gefolge Asyl anbot.

In diesem Land hatten der Präsident und seine Getreuen ihre Reichtümer gehortet. In diesem Land war er für die Machthaber viele Jahre lang ein treuer und zuverlässiger Verbündeter gewesen.

Er hatte alles getan, um seine mächtigen Freunde bei guter Laune zu halten. Er hatte von ihnen politische Gefangene übernommen, die er in seinen Gefängnissen auf ihr Geheiß gefoltert hatte, viele von ihnen bis zum Tod.

Ein schlechtes Gewissen hatte er nicht.

»Ihr werdet es bereuen, mich davongejagt zu haben«, verkündete er seinem ehemaligen Volk aus dem Exil. »Und wenn ihr genug gelitten habt, werde ich zurückkehren und euch erlösen.«

Nein, er war sich keiner Schuld bewusst, aber die Menschen in seinem ehemaligen Land, die Menschen, die er geknechtet hatte, die er ausgebeutet und verhöhnt hatte, feierten ihre Freiheit und den Anfang ihrer Demokratie.

Zwei Tage nach seiner Flucht in der Dunkelheit der Nacht tanzten die Menschen durch die Straßen der Stadt, viele, die es zuvor nie gewagt hatten, ihre Löcher zu verlassen, in denen sie jahrelang gelebt hatten, weil sie zu wenig zum Leben hatten und trotzdem nicht sterben wollten.

Jetzt stürmten sie den protzigen Präsidentenpalast, ein gewaltiges Gebäude im Zentrum der Stadt, umgeben von einer üppigen Parkanlage mit einem Tigergehege, in dem der Präsident ein halbes Dutzend dieser majestätischen Raubkatzen untergebracht hatte, weil er sich selbst oft als Tiger seines Landes bezeichnete.

Die Leute drangen in die üppig eingerichteten Gemächer des Präsidenten und seiner Familie ein, zerrten und schleppten alles ins Freie, bis sich auf dem grünen Rasen vor dem Palast Berge von erbeutetem Plunder erhoben, Gold und Edelsteine, Staatsgeschenke anderer Länder, goldene Schwerter und andere Waffen, Gemälde bedeutender Künstler und Klamotten der teuersten Modehäuser Europas.

In ihrem Freiheitsrausch wollten sie all das Zeug mit Benzin übergießen und anzünden, aber einige von ihnen kamen zur Besinnung und verkündeten, dass alles, was dem Präsidenten gehört hatte, verkauft werden würde. Das Geld sollte an die Ärmsten der Armen verteilt werden, jene, die in den Löchern gehaust hatten, weil sie irgendwann delogiert worden waren, ohne Chance auf ein menschenwürdiges Leben.

Die Leute stürmten auch die Gefängnisse und befreiten die Gefangenen, die meisten von ihnen Männer und Frauen, die sich vor und während der letzten Wahl offen gegen den Präsidenten gestellt hatten.

Unter ihnen befanden sich auch die Gefangenen, die von anderen Ländern hierhergeschickt worden waren.

Menschen, aus denen irgendwelche Wahrheiten herausgepresst werden sollten, darunter auch Frauen und Kinder. Einer von ihnen war der Junge, der an der Seite seines Vaters, seines Onkels und seines Großvaters gekämpft hatte.

Es war ein Zufall, dass Julia ihn an jenem Tag entdeckte, als Mika zum ersten Mal seit seiner Verletzung fieberfrei war. Sie war auf dem Weg von der Apotheke zu Daniels Wohnung, wo sie übernachten durften, als sie ihn entdeckte. Ein kräftiger Mann trug ihn auf seinen Schultern aus dem Gefängnis und auf die Straße hinaus.

Andere Gefangene wankten aus dem dunklen Toreingang

ins Licht der Sonne, geblendet von der Helligkeit, erschreckt vom Triumphgeschrei, das ihnen entgegenbrandete, als wären sie nicht die Geretteten, sondern die Retter des Volkes, die wahren Helden.

Der Junge hielt sich mit beiden Händen am Kopf des Mannes fest, der mit ihm auf den Schultern herumtanzte, und Hunderte von Armen streckten sich dem Jungen entgegen, versuchten ihn für einen Moment zu berühren, weil er so etwas wie ein Symbol für sie war. Ein Symbol für ihre Zukunft.

Julia wusste den Namen des Jungen nicht, war nicht mehr sicher, ob er ihn ihnen irgendwann mal gesagt hatte oder nicht.

Sie drängte sich durch das Gewühl der schreienden Menschen, und als sie nur noch wenige Schritte vom Mann entfernt war, der ihn auf den Schultern trug, entdeckte der Junge sie. Er streckte eine Hand nach ihr aus, aber der Mann unter ihm tanzte im Kreis herum und die Leute zerrten an seinen Kleidern und an der blutbefleckten Hose des Jungen.

Er trug kein Hemd. Sein abgemagerter Körper war mit älteren und frischen Wunden bedeckt, kleinen und größeren, wo man ihm die Haut mit glühenden Eisen verbrannt hatte und wo er mit Stromstößen aus elektrischen Drähten gepeinigt worden war, um irgendetwas zu sagen, was seine Folterer hören wollten.

Es gelang Julia nicht, die ausgestreckte Hand des Jungen zu erfassen, und sie hatte nicht die Kraft, die Menschen, die sich zwischen sie und den Mann schoben, wegzudrängen.

»Ich kenne den Jungen!«, schrie sie, so laut sie nur konnte, aber ihre Stimme ging im Lärm der Menschenmenge unter, als bedeuteten ihre Worte nichts im Gegensatz zu »Freiheit« und »Demokratie«.

Auch der Junge rief nach ihr, rief ihren Namen, der ihm in Erinnerung geblieben war, seit ihn Mika einmal ausgesprochen hatte, und er versuchte sich von den Schultern des

Mannes zu werfen, aber der Mann war ein Bär und drückte die Beine des Jungen mit seinen muskelbepackten Armen fest gegen seinen Oberkörper.

Entmutigt gab Julia schließlich auf, bahnte sich einen Weg durch die Menge, lief durch die schmale Straße zum Haus, in dem Rodas Freund eine winzige Zweizimmerwohnung gemietet hatte. Die Haustür war nicht abgeschlossen. Im Halbdunkel des Flures nahm Julia einige Gestalten wahr, die auf den untersten Treppenstufen saßen.

Obwohl es Menschen waren, erschienen sie Julia in diesem Augenblick wie vom Wind zerzauste Krähen im düsteren Licht des Morgengrauens.

Sie wollte sich schnell umdrehen und das Haus wieder verlassen, aber einer von ihnen sprang auf, und bevor es Julia gelang, die Tür aufzuziehen, war er bei ihr, riss sie zurück und drückte sie gegen die Wand des Flurs.

Aus dem höhnisch verzogenen Mund eines Jungen klatschte ihr der Gestank von Alkohol ins Gesicht. Sie drehte den Kopf schnell zur Seite, aber eine Hand packte sie beim Haar und zerrte ihren Kopf von der Wand weg.

»Schaut mal, was ich hier habe! Eine hübsche, kleine Ausländernutte, die unbedingt flachgelegt werden will!« Die andere Hand fuhr Julia hart zwischen die Beine.

Julia schrie auf, weniger vor Schmerz als vor Abscheu. Gleichzeitig stieß sie mit dem Knie zu, traf, wo es wehtat, und der Junge ging mit einem Fluch auf den Lippen zu Boden. Die Arme gegen den Leib gepresst krümmte er sich nach Luft ringend zusammen.

Julia stürzte zur Tür, aber die anderen sprangen herbei, packten sie, zerrten sie in den Flur zurück und stießen sie am Fuß der Treppe zu Boden. Einer ließ sich mit gespreizten Beinen rittlings auf ihr nieder, beugte sich vor und packte ihre Handgelenke. Er bog ihre angewinkelten Arme so weit zurück, bis sie die kalten Kacheln des Bodens berührten. Julia versuchte sich unter ihm aufzubäumen, um sich zu befreien, aber der Junge lachte nur. Einer der anderen hielt ihm eine Flasche an die Lippen und er nahm einen Mundvoll vom Schnaps in der Flasche, beugte sich tief über Julia und versuchte ihr den Schnaps in den Mund laufen zu lassen. Julia presste die Lippen fest zusammen, aber einer hielt ihr die Nase zu, und als sie den Mund aufmachte, um Luft zu holen, erstickte sie fast am Schnaps, der ihr in die Kehle und in die Luftröhre lief.

Der Junge über ihr sprang auf, während sie nach Luft rang.

»Verdammt, das war nicht nett!«, rief einer der anderen spöttisch. »Die krepiert fast, Mann.«

Der, dem Julia in den Unterleib getreten hatte, näherte sich mit schmerzverzerrtem Gesicht und die Hände noch immer gegen die Leiste gepresst.

»Die Nutte verträgt einiges mehr«, keuchte er und trat Julia in den Bauch.

Hustend und würgend richtete sich Julia auf und rutschte rückwärts bis zur ersten Treppenstufe. Dort versuchte sie nach dem Geländer zu greifen, um sich daran hochzuziehen. Der, den sie getreten hatte, packte sie mit einer Hand am Hals und drückte zu.

»Weißt du nicht, wer ich bin, du verdammt kleine Nutte? Ich bin dein Herr und Meister. Von mir lässt du dich flachlegen. Mir bringst du die Kohle, die du dafür kriegst, die Schwänze alter Männer zu lutschen. Du gehst für mich auf den Strich, Kleine, und zwar fängst du schon heute Nacht damit an, denn heute Nacht wird gefeiert. Nur eines noch, Kleine, zuerst wirst du von uns drangenommen, und zwar von uns allen, hast du verstanden?«

Der Junge ließ Julias Hals los und trat zurück.

»Wenn du dich wehrst, geht's dir dreckig, klar? Diese Jungs sind meine Freunde. Sie sind alle geil auf dich. Los, wer will zuerst? Wer zeigt ihr zuerst, wie geil er ist?«

Sie wollten alle zuerst, nur der »Herr und Meister« nicht. Sie fingen an, ihre Hosen zu öffnen, und einer kniete nieder und wollte Julia die Kleider vom Leib reißen.

Die Haustür wurde plötzlich aufgestoßen. Drei Männer mit Schnellfeuerkarabinern betraten den Flur.

»Hey«, sagte der eine, »da stehen sie mit ihren Hosen unten, diese dreckigen Zuhälter.«

Die beiden anderen lachten auf.

Der »Herr und Meister« streckte ihnen beide Hände entgegen. »Wir wollten eigentlich nur …«

»Weißt du was, du dreckiger kleiner Wichser, es ist mir scheißegal was ihr gewollt habt. Es sind andere Zeiten angebrochen, für uns alle. Ihr habt das nicht begriffen, also ist für euch der Anfang leider auch das Ende.«

»Bitte, verschont uns«, bettelten die Jungen. »Gebt uns eine Chance!« Sie versuchten mit zitternden Händen die Hosen hochzuziehen und wieder zu schließen.

»Mädchen, komm her und geh raus!«, forderte einer der drei Männer Julia auf.

Julia hatte Mühe, aufzustehen, aber als sie mal stand, lief sie zur Tür. Einer der drei Männer öffnete sie für sie. Als Julia draußen war und die Tür ins Schloss fiel, fingen die drei Männer zu schießen an. Sie gaben nur wenige Schüsse ab, aber keine der Kugeln verfehlte ihr Ziel.

Die Männer waren im Umgang mit ihren Waffen geübt.

Sie hatten als Soldaten für den Präsidenten getötet. Jetzt taten sie es für die, die nach ihm kamen.

Es galt, aufzuräumen.

»Wir kehren dieses Land mit dem eisernen Besen aus«, hatten die Nachfolger des Präsidenten dem Volk versprochen.

»Dreckige Zuhälter«, sagte ihr Anführer, bevor sie das Haus verließen. Das Blut der Toten lief um die Schnapsflasche herum über den gekachelten Boden zur Tür.

Draußen in der Türnische kauerte Julia am Boden.

In den Straßen und auf den Plätzen der Stadt sangen die Menschen die Nationalhymne.

Sie klang, als wäre sie schon viel zu oft gesungen worden.

»Wir brauchen eine neue Nationalhymne!«, brüllte eine Stimme beim Vorbeilaufen in Julias Ohr.

✪

»Brauchen wir wirklich eine neue Nationalhymne?«, fragte Roda ihren Freund.

Daniel stand am Fenster der kleinen Wohnung. Es war Nacht. Die neue Regierung hatte wieder eine Ausgangssperre verhängt. Fast schien es, als wäre alles, wie es vorher gewesen war, und doch war jetzt alles anders.

»Wir brauchen eine Nationalhymne, in der die Worte Freiheit und Demokratie vorkommen«, antwortete er.

Roda summte die Nationalhymne. Plötzlich brach sie ab. »Die kommen doch schon in der alten vor«, sagte sie.

Ihr Freund drehte sich um.

Sie lachte. »Stimmt doch!«

»Stimmt. Aber ich denke, wir brauchen trotzdem eine neue Nationalhymne.«

Mika setzte sich auf. Er lag auf einem Klappbett im größeren Zimmer der Wohnung. Um den Kopf trug er einen neuen Verband, den ihm Julia angelegt hatte.

»Komm her«, sagte er zu Julia gewandt, die in der Küche auf einem Hocker saß, die Hände im Schoß.

Sie hob den Kopf und sah ihn nur an. Mit traurigen Augen.

»Wir suchen morgen den ganzen Tag nach ihm«, sagte Mika.

Daniel blickte wieder aus dem Fenster. »Deine Wunde blutet nicht mehr, aber sie ist noch nicht verheilt«, sagte er.

»Morgen ist es besser.«

»Besser vielleicht schon, aber ich denke, du solltest hier in der Wohnung bleiben.«

»Wie viele Menschen leben in dieser Stadt?«, fragte Julia.

»Etwa zweihundertfünfzigtausend«, schätzte Roda.

»Dann wäre es der reinste Zufall, wenn wir ihn fänden.«

»Du hast ihn schon einmal gefunden, Julia«, machte Mika ihr Mut.

»Es war ein Zufall.«

»Vielleicht nicht. Vielleicht musste es einfach sein.« Julia drehte den Kopf weg und zog ihre schmalen Schultern hoch.

»Warum kommst du nicht zu mir?«, fragte er.

»Lass sie«, sagte Roda.

Ihr Freund wandte sich wieder dem Fenster zu. Ein Panzer fuhr unten vorbei. Kurze Zeit später fielen Schüsse. Dann ertönten Sirenen. Polizeiautos mit Blaulicht jagten hintereinander her über die Kreuzung.

»Es geht immer weiter«, sagte Roda.

»Was meinst du damit?«, wollte Daniel wissen.

»Jetzt regieren andere, aber es ist alles wie vorher.«

»Nichts ist wie vorher. Vorher war die Stadt voller Verbrecher in Zivil und in Uniform. Sie haben Jagd auf alles gemacht. Niemand war vor ihnen sicher. Jetzt sind sie die Gejagten.«

»Sie haben viele meiner Leute getötet«, sagte Roda. »Auch meinen Vater.«

Sie bekam von niemandem eine Antwort, auch nicht von ihrem Freund.

»Glaubst du, dass meine Leute zurückkehren werden?«

Ihr Freund schüttelte den Kopf. »Bestimmt nicht«, sagte er.

»Warum nicht?«

»Warum fragst du?«

»Weil ich an sie denke, an meine Verwandten und an meine Nachbarn und an alle die Kinder und die alten Leute, die geflohen sind und sich dort draußen in der großen Steppe befinden.«

»Denk an das Baby«, sagte ihr Freund. »Es ist wichtiger, an

die Zukunft des Babys zu denken. Für dieses Baby sind wir auf die Straße gegangen und haben gekämpft. Und für Tausende von anderen Kindern.«

Roda schwieg. Sie schaukelte sachte das kleine Bett, in dem das Baby schlief.

Unten fuhren noch mehr Panzer vorbei.

Die Scheiben des Fensters zitterten.

Als es wieder still war, stellte Roda ihrem Freund erneut die gleiche Frage. »Glaubst du, dass meine Leute einmal zurückkehren dürfen, jetzt wo alles anders ist?«

Er schien sich die Frage durch den Kopf gehen zu lassen. Fast eine Minute verstrich.

»Nein!«, sagte er dann.

»Warum nicht?«

»Sie gehören nicht hierher.«

Die Mutter des Babys senkte den Kopf. Hob ihn wieder. Schaute Mika an. Mika hob die Schultern.

»Das verstehe ich nicht«, sagte Roda. »Das verstehe ich wirklich nicht.«

Daniel drehte sich weg vom Fenster.

»Tut mir leid«, sagte er. »Gewisse Dinge werden sich wirklich nicht ändern, andere aber schon.«

Er ging zum Kinderbett und hob das Baby heraus. Sachte nahm er es in den Arm und küsste es. Dann ging er zum Fenster zurück.

»Es ist dein Land«, flüsterte er dem schlafenden Baby ins Ohr. »Dein Land.«

Roda begann zu weinen.

Lautlos.

✪

Der Junge saß am Straßenrand.

Er trug Soldatenstiefel, die ihm viel zu groß waren. Die Beine seiner Hose, die einmal zu einem Tarnanzug gehört hatte, hatte er unten abgeschnitten.

Außerdem trug er ein schwarzes T-Shirt mit einem tanzenden Frosch drauf. Über seiner Schulter hing eine Decke, in die er seine Habseligkeiten eingewickelt hatte.

Neben ihm, im Schatten eines Busches, lag eine Kalaschnikow.

»Wohin willst du denn mit diesem Gewehr?«, fragte Mika ihn.

»Nach Hause«, antwortete der Junge.

Mika blickte in die Ferne. »Weißt du, wie weit das ist?«

»Nein.«

»Soll ich dir sagen, wie weit es ist?«

Der Junge sah ihn verständnislos an. »Es ist egal, wie weit es ist.«

Mika setzte sich neben ihn an den Straßenrand. Die Sonne brannte auf das Land nieder.

»Willst du etwas trinken?«, fragte Mika den Jungen.

»Was denn?«

»Wasser.«

»Du hast kein Wasser.«

»Hast du welches?«

»Ein wenig.«

»Es gibt hier nirgendwo Wasser.«

»Willst du etwas von meinem?«

»Du würdest mir von deinem Wasser etwas abgeben?«

Der Junge öffnete die Decke und entnahm ihr eine Plastikflasche mit einem Rest Wasser.

»Ist das alles, was du mitgenommen hast?«

Der Junge reichte ihm die Flasche. Mika hielt sie sich an die Lippen und trank. Er trank sie leer. Der Junge schaute ihm dabei zu. Und lächelte.

»So«, sagte Mika und warf die Flasche von sich. »Jetzt gehen wir zurück.«

»Ich gehe nach Hause«, sagte der Junge und ergriff seine Kalaschnikow.

✪

»Der Junge hat die Stadt vielleicht schon verlassen«, sagte Mika zu Julia.

Sie legte eine kleine Schachtel mit Tabletten auf den Küchentisch.

»Wie kommst du darauf?«, fragte sie ihn.

»Ich habe mich gefragt, warum er hierbleiben sollte.«

»Er weiß, dass wir hier sind«, sagte Julia und reichte ihm ein Glas Wasser. »Zwei von den Tabletten sollst du nehmen, Mika. Gegen die Entzündung.«

»Ich bin okay!«

»Der Apotheker sagte, wir hätten dich ins Spital bringen sollen, aber die Spitäler sind voll. Ich bin zwei Mal hingegangen, aber es hatte niemand Zeit für mich. Es gab zu viele Verletzte. Die Betten und die Medikamente wurden knapp.«

»Ich weiß. Ich habe heute die erste Ausgabe der neuen Zeitung gelesen. Es sind Fotos drin. Eines von einem Mann, der einen Jungen auf seinen Schultern trägt.«

»Unseren Jungen?«

»Er ist nicht ›unser‹ Junge«, lachte Mika mit schmerzverzerrtem Gesicht. »Hier.« Er brauchte die Zeitung nicht aufzuschlagen. Sie lag neben dem Feldbett am Boden und bestand aus einer einzigen schwarz-weißen Doppelseite. Julia hatte sie nur nicht beachtet. Jetzt drückte sie Mika die beiden Tabletten in die Hand und gab ihm das Glas. Sie hob die Zeitung auf und setzte sich auf den Stuhl neben dem Feldbett.

»Das ist, als er mich gesehen hat, Mika. Dieses Foto wurde in dem Moment aufgenommen, als er mich gesehen und erkannt hat.«

»Und du ihn.«

»Ja, wir haben uns gleichzeitig gesehen. Mika, mit diesem Foto gelingt es uns vielleicht, ihn zu finden.«

»Das wäre möglich, wenn wir die Zeit dazu hätten, nach ihm zu suchen.«

»Warum sollten wir die Zeit nicht haben, Mika? Wir haben alle Zeit der Welt. Wir sind hier und hier bleiben wir. Zumindest bis du gesund bist.«

»Das kommt nicht so sehr auf uns an, Julia. Es kommt auf die anderen an.«

»Auf wen denn? Seit wann ist dir wichtig, was andere ...«

»Julia, der Kampf für die Leute hier ist noch nicht vorbei. Er hat eben erst begonnen. Du solltest die ganze Zeitung lesen. Auch die letzte Seite. Drei Seiten gehören der Freude und dem Triumph. Die letzte Seite gehört einer bösen Ahnung. An der Grenze sollen Tausende von Soldaten aufmarschieren. Hunderte von Panzern. Es heißt, dass die Nachbarländer besorgt sind über das, was hier geschehen ist.«

»Besorgt um was?«

»Um ihre eigene Sicherheit.«

»Niemand hier wird ein Nachbarland angreifen, Mika. Die Menschen sind froh, endlich einen brutalen Diktator und sein nicht minder brutales Regime los zu sein.«

«Das große Nachbarland fürchtet, seinen Einfluss über die ganze Region verlieren zu können. Darum geht es, Julia. Um die Interessen der Mächtigen.«

»Wen meinst du damit? Wer sind die Mächtigen?«

»Die Politiker und ihre Hintermänner.«

»Und wer sind ihre Hintermänner?«

»Die Banken. Die Superreichen. Die Medien, die ihnen gehören. Dieser Kampf ist noch lange nicht ausgestanden, verstehst du?! Es ist egal, was die Menschen hier denken. Es ist egal, wie lange sie unterdrückt worden sind, und es ist egal, ob sie jetzt Grund zum Feiern haben. Das Schicksal dieses Landes liegt nicht in ihren Händen, sondern in denen der Mächtigen.«

»Das geht nicht, Mika. Überall auf der Welt stehen Leute auf und rebellieren. Niemand schaut bloß nur noch zu.«

»Die anderen Länder haben aus eigenen Interessen diesen Diktator groß gemacht. Präsidenten und Kanzler haben ihn hofiert wie einen guten Freund. Haben Bücklinge vor ihm gemacht, wenn sie es für notwendig hielten, um ihm die Waffen zu verkaufen und sein Geld zu kassieren, das er seinem Volk gestohlen hat.«

»Damit ist es jetzt vorbei.«

»Und trotzdem wird die Welt genauso wenig von dem Notiz nehmen, was hier geschieht, wie sie davon Notiz nimmt, was in unserem eigenen Land passiert. Schlagzeilen und Fernsehberichte überdauern meistens nur wenige Tage. Dann gibt es anderswo andere Schlagzeilen.«

Julia warf einen Blick zum Kinderbett hinüber.

»Wo ist das Baby?«

»Weg. Daniel hat die Mutter und das Baby von hier weggeholt. Hier sei kein Schutz, wenn das Land angegriffen würde. Hier, in dieser Stadt, würde bis zum letzten Blutstropfen gekämpft werden.«

»Das hat er gesagt?«

»Er hat auch gesagt, dass er zurückkommen und uns in Sicherheit bringen würde.«

»Wohin in Sicherheit?«

»Das hat er nicht gesagt. Er hat gesagt, dass er gemeinsam mit den anderen Männern kämpfen wird und dass es ihm nichts ausmacht, zu sterben.«

»Er denkt nicht an das Baby.«

»Doch, gerade daran denkt er.« Mika deutete mit einer Kopfbewegung zum Fenster. »Hör mal das Geschrei der Leute. Noch feiern sie, weil sie nicht wissen, was geschehen wird. Sie glauben, dass sie in Sicherheit sind.«

»Kommt was im Fernsehen?«

»Nein. Die Anlage wurde von den Polizisten des Präsidenten zerstört, bevor sie flüchteten. Es gibt nur diese Zeitung. Keine Telefonverbindungen. Kein Internet. Nichts.«

»Und trotzdem weiß man, was an der Grenze geschieht?«, zweifelte Julia.

»Durch Kurzwellenradios vielleicht. Ich weiß es nicht. Vielleicht von Flüchtlingen aus den Grenzregionen. Es sind nur knapp hundert Kilometer zur Grenze, Julia, und ich habe keine Ahnung, was dort draußen geschieht.«

Julia studierte noch einmal das Bild in der Zeitung.

»Ich suche nach ihm, Mika. Wenn es sein muss, suche ich den ganzen Tag nach ihm.«

Sie lief zur Tür. Dort drehte sie sich noch einmal um.

»Mika.«

Er sah sie an. Sie machte einen gehetzten Eindruck.

»Mika, wir sollten einmal zu Hause anrufen.«

»Jetzt?«

»Sobald die Telefone wieder gehen.«

Sie öffnete die Tür und er hörte sie die Treppe hinunterlaufen und dann fiel unten die Haustür ins Schloss.

Durch das Fenster drang der Lärm der Stadt.

Mika warf die Decke zurück und stand auf. Die Schmerzen trieben ihm den Schweiß ins Gesicht. Er wankte zum Fenster, aber er konnte Julia in der Menge dort unten nirgendwo entdecken.

Aus Lautsprechern drang Musik.

Die Menschen tanzten.

Sie hatten keine Ahnung von der Bedrohung, in der sie sich befanden.

Und selbst wenn sie von der Gefahr gewusst hätten, sie hätten wahrscheinlich nicht aufgehört zu tanzen. Für die Zeit, die man ihnen gab, wollten sie die Freiheit genießen.

Unter den Menschen befanden sich viele Soldaten.

Aber auch einige der Polizisten, die der Präsident zurückgelassen hatte.

Es schien, als hätten die Menschen in diesen ersten Stunden der Freude und des Triumphs alle Nöte und alle Leiden vergessen.

Sie feierten einen neuen Anfang. Im Regierungsgebäude wurde eine Übergangsregierung gebildet.

Und es wurde fieberhaft versucht, die Kommunikationsnetze wieder in Betrieb zu setzen. Das Fernsehen. Das Internet. Die Telefonverbindungen nach draußen, damit die Welt erfahren konnte, was hier in diesem kleinen Land geschehen war.

»Wir brauchen Freunde, um zu bestehen«, stand in der Zeitung. »Das dürfen wir nicht vergessen, denn allein schaffen wir es nicht.«

Es war ein Aufruf an die Menschen anderer Länder. Ein Aufruf, ebenfalls aufzustehen und sich zu befreien.

Mika legte sich wieder auf das Klappbett und schloss die Augen.

Er fiel in einen unruhigen Schlaf.

Als er aufwachte, fror er. Kalter Schweiß lag auf seiner Haut. Das Hemd war nass. Das Betttuch war nass.

Er stand auf, wankte ins Badezimmer und stellte sich unter die Dusche.

Es wollte kein warmes Wasser kommen.

Mika blieb nur so lange unter der Dusche, bis er sich den Schweiß vom Körper gewaschen hatte. Er rieb sich mit einem Tuch ab, bis seine Haut fleckig rot wurde. Er schlurfte in die Küche und trank ein Glas Wasser. Er schlug eine alte Wolldecke um die Schultern und suchte im Küchenschrank etwas zu essen, fand aber nichts außer einigen Brotkrümeln auf einem der Regalbretter.

Im Kühlschrank ging das Licht nicht an und das Zeug darin war warm. Er nahm ein Glas heraus, das einen Rest Marmelade enthielt. Er setzte sich an den Tisch, nahm einen kleinen Löffel aus der Schublade und aß die Marmelade.

In den Straßen wurde es ruhiger.

Als das Marmeladeglas leer war, schlurfte Mika zum Fenster.

Obwohl es Nacht wurde, brannte nirgendwo Licht. Doch auf einem Platz hatten die Leute ein großes Feuer entfacht. Der flackernde Schein tanzte über die alten Fassaden der Häuser.

Ein Hubschrauber flog über den Platz, auf dem mehrere Panzer standen.

Mika begann wieder zu frieren. Er suchte in den Schränken nach Bettzeug, fand aber nur eine alte Decke, die er um sich schlug.

Es war längst dunkel, als er unten die Haustür hörte.

Wenig später öffnete Julia die Tür. Sie hatte Brot bei sich und eine Flasche mit Milch, Käse und ein paar Karotten und Kartoffeln.

Sie war müde.

Dass sie den Jungen nicht gefunden hatte, brauchte sie ihm nicht zu sagen.

✪

Drei Tage und drei Nächte blieb es ruhig.

Die Menschen in der Stadt fürchteten, dass es sich bei dieser trügerischen Stille nur um die Ruhe vor dem Sturm handeln konnte.

Die meisten Frauen mit Kindern hatten die Stadt verlassen.

Auch viele der alten Leute waren aus der Stadt gebracht worden. Die, die sich sträubten, ließ man in ihren Wohnungen. Viele junge Frauen blieben in der Stadt, bewaffneten sich mit den Waffen der ehemaligen Staatspolizei und aus den Armeebeständen. Davon gab es genug. Die Staatspolizei und die Armee waren schon immer bestens ausgerüstet gewesen.

Das Fernsehen funktionierte auch nach drei Tagen noch

nicht. Leute, die etwas davon verstanden, schrieben in der Zeitung, dass das Land von der Außenwelt abgeschnitten war, weil alle Verbindungen nach draußen sabotiert würden, und zwar von den Verbündeten des Präsidenten, die dazu ihre Radar-Satelliten benutzten.

Mika ging es besser. Die Wunde verheilte Tag für Tag besser, aber er fühlte sich noch immer schwach und wagte sich noch nicht auf die Straße. So verbrachte er die meiste Zeit in der Wohnung, während Julia nach dem Jungen suchte und die notwendigsten Dinge auftrieb, damit sie überlebten. Da es keinen Strom gab, hatte sie zwei Kerzen organisiert, eine für die Küche und eine für das Zimmer, in dem sie schliefen.

Auf Daniel, der versprochen hatte zurückzukehren, warteten sie vergeblich. Entweder hatte er mit Roda und mit dem Baby irgendwo Zuflucht gefunden, oder sie waren einer der Banden ausländischer Söldner in die Hände gefallen, die im Land herumstreunten.

Am dritten Tag nach dem Sieg wurde über der Stadt eine Aufklärungsdrohne gesichtet, ein unbemanntes Flugzeug, auf das sofort mit Fliegerabwehrgeschützen und mit Maschinengewehren geschossen wurde. Aber der Abwehrmechanismus der Drohne schützte sie gegen die Geschosse, und während die Menschen in der Stadt keine Verbindung zur Außenwelt hatten, sendete die Drohne Informationen und Daten zurück an die Befehlshaber der Armee, die sich an der Grenze des kleinen Landes aufgebaut hatte.

In der darauffolgenden Nacht konnte Julia nicht einschlafen, und als sie sich in ihrem Bett aufsetzte und zu Mika hinübersah, bemerkte sie, dass er mit offenen Augen auf dem Feldbett lag.

»Bist du wach?«

Er drehte den Kopf zu ihr, sagte aber nichts.

»Sind es die Schmerzen?«

»Nein. Schmerzen habe ich fast keine mehr.«

»Was dann?«

Er setzte sich auf.

»Du hast vier Tage nach dem Jungen gesucht, Julia.«

»Deswegen bist du wach geblieben?«

»Nein. Nicht deswegen. Ich weiß, dass der Junge weg ist. Er ist auf dem Weg nach Hause.«

»Warum weißt du das so gewiss?«

»Weil ich von ihm geträumt habe. Ich bin ihm begegnet. Auf unserer Straße. Er saß am Rand auf einer Böschung. Er hatte ein Gewehr und eine Decke, in der er seine Sachen trug. Er hatte einen Rest Wasser in einer Flasche, den er mir zu trinken gab. Danach hatte er kein Wasser mehr und ich drängte ihn, mit mir in die Stadt zurückzukehren, aber er sagte, er ginge nach Hause.«

Sie starrte ihn an. Dann erhob sie sich und zündete die Kerze an. Sie ging zum Fenster. Blickte auf die Straße hinunter. Die Stadt schien tot.

»Wenn ich es nicht besser wüsste, würde ich sagen, ein Traum ist ein Traum, Mika.«

»Dann glaubst du auch, dass er nicht mehr in der Stadt ist.«

»Ich weiß nicht, was ich glauben soll.«

»Er ist nicht mehr da, Julia.«

»Bist du sicher?«

»Absolut sicher.«

»Gut, wenn du so sicher bist …« Julia ließ das Ende des Satzes offen.

✪

In der Nacht, als die Panzer über die Grenze rollten, griffen mehrere Kampfdrohnen die Stadt an. Unbemannte Kampfjets, die ihre Bomben zielgenau abwerfen und ihre Bordgeschütze ferngesteuert einsetzen konnten.

Flugzeuge, in denen Computer die Aufgaben des Piloten

übernommen hatten, und in der Stadt wussten alle, dass solche Drohnen nur das große Nachbarland besaß.

In einem Wohnquartier, das schon während des Freiheitskampfes von Bomben getroffen worden war, schlugen mehrere Geschosse ein. Häuser gingen in Flammen auf, brachen in sich zusammen. Vier Bomben trafen das Zentrum des Universitätskomplexes und den Platz vor der Universität, auf dem ein halbes Dutzend Panzer stationiert war, bereit für den Ernstfall.

Der Ernstfall jedoch kam für alle zu schnell und zu überraschend. Drei der Panzer gingen in Flammen auf, getroffen von stahldurchdringenden Geschossen, die nicht beim Aufprall explodierten, sondern sich durch die stählerne Panzerung schweißten und im Innern der Tanks explodierten.

Der Spuk war genauso schnell vorbei, wie er begonnen hatte.

Unbeschadet flogen die Kampfdrohnen über die Grenze zurück.

Die Bombardierung der Stadt war allein zur Einschüchterung der dort lebenden Menschen ausgeführt worden.

Die nächsten Flugzeuge warfen Flugblätter ab, auf denen stand, dass das Land von den Abtrünnigen befreit werden und dass niemand zu Schaden kommen würde, wenn es keine Gegenwehr gäbe.

Die Menschen in der Stadt heulten auf vor Wut und brannten als Antwort den Präsidentenpalast nieder.

Als sich die feindlichen Panzer der Stadt bereits bis auf zwanzig Kilometer genähert hatten, stellten sich ihnen einige der Schützenpanzer entgegen. Und in den Schützengräben und hinter den Erdwällen, die in aller Eile errichtet worden waren, warteten Männer und Frauen auf den Ansturm. In der Stadt herrschte ein furchtbares Durcheinander. Menschen rannten in alle Richtungen.

Überall wurden Barrikaden errichtet. Straßenbahnwagen

wurden aus den Schienen gehoben und umgestürzt. Autowracks von den Schrottplätzen herbeigeschafft. An den Fenstern der Wohnungen und Büros gingen Männer und Frauen mit Raketenwerfern und Maschinengewehren in Stellung.

Die ersten Geschosse der Panzerkanonen schlugen in der Stadt ein, durchschlugen die Mauern der Häuser und detonierten im Inneren, rissen den Asphalt der Straßen auf und explodierten, Teerstücke und Geröll aus den Trichtern schleudernd.

Dicke Rauschschwaden zogen durch die Stadt.

Schreiende Menschen versuchten sich irgendwo zu verstecken, fanden Zuflucht in Kellergewölben, wo sie vor den Geschossen und vor den Infanteriesoldaten, die von Westen her in die Stadt einmarschierten, auch nicht sicher waren.

Fassaden großer Häuser zerfielen, bis die Häuser einstürzten.

Eine Gasleitung explodierte.

Julia und Mika liefen eine Gasse entlang, durch die wie durch ein Flussbett Wasser floss. Sie rannten in östlicher Richtung davon und erreichten den Stadtrand an einer Stelle, wo die asphaltierte Straße aufhörte und sich ein holpriger Weg durch ein kleines Tal zog.

Das Waldgebiet breitete sich auf der Ostseite der Stadt kilometerweit aus, nur von schmalen Wegen durchzogen.

Mika und Julia liefen weiter.

Sie waren nicht die Einzigen, die Schutz und Zuflucht suchten. Frauen und Kinder und alte Leute hetzten durch den Wald, durchquerten die Gräben, die von einem anderen Krieg übrig geblieben waren, versteckten sich in kleinen Hütten, wohl wissend, dass man sie wahrscheinlich finden würde.

Obwohl Mikas Kopf wieder zu schmerzen angefangen hatte, hetzten die beiden weiter.

Sie wussten nicht wohin, kannten sich nicht aus in diesem Land und seinen Wäldern und Hügeln und Bergen.

Und sie zweifelten, ob sie das Richtige taten, aber dieser Krieg war nicht ihr Krieg, das Land nicht ihr Land.

Hinter ihnen schlugen Geschosse in den Wald. Bäume fingen Feuer. Sie hörten die Kinder schreien, aber sie liefen weiter und am Nachmittag waren sie allein, denn die anderen waren nach und nach zurückgeblieben, um sich ihrem Schicksal zu ergeben.

Am Nachmittag sahen sie in einem Moorgebiet auf einer flachen Erhebung eine alte, halb zerfallene Hütte, aber sie gingen weiter, den Hügeln entgegen und den Bergen, die dahinter aufragten.

Erst als es dunkel wurde, hielten sie an, zu müde, auch nur noch einen Schritt weiterzugehen.

Sie befanden sich auf einer Schotterstraße, die auf einen Sattel zwischen den Hügeln zuführte, aber dieser Einschnitt war noch weit von ihnen entfernt, und die Berge am Horizont schienen so fern wie das Ende der Welt.

In einem Dickicht ließen sich Mika und Julia nieder. Sie hatten ihre Schlafsäcke mitgenommen und die Decke aus der Wohnung. Außerdem zwei Einkaufstüten aus Plastik mit Lebensmitteln.

Sie aßen Brot und Käse, ein Stück von einem rohen Blumenkohl und zwei Äpfel.

»Wir haben alles, was wir brauchen«, sagte Julia.

»Für eine Weile wird es reichen.«

»Es reicht mehrere Tage.«

Sie blickten in die Richtung, in der sich die Stadt befand. Dort war der Himmel rot. Und sie hörten noch immer den Geschützdonner und die Explosionen, und in der Nacht überflogen die Kampfdrohnen die Stadt und warfen ihre Bomben ab.

Sie fragten sich, ob dort, in dieser Stadt und in diesem Land, der Anfang vom Untergang war, ein Krieg, der sich über die ganze Welt ausbreitete, oder ein Anfang von etwas

Neuem, einer neuen Welt und einer neuen Zukunft für die Menschen, in der sie sich mehr darauf besannen, in Frieden miteinander zu leben.

Mika und Julia schliefen kaum, aber sie ruhten sich genug aus, um früh am Morgen, bevor es hell wurde, aufzubrechen.

Im Morgengrauen sahen sie an einem schmalen Fluss ein Bauernhaus.

Sie setzten sich am Straßenrand hin und schauten zum Bauernhaus hinüber, das sich etwa ein oder zwei Kilometer entfernt befand.

»Sollen wir hingehen?«, fragte Mika.

»Was soll dort schon sein? Es leben Leute dort. Ein Bauer mit seiner Familie.«

»Vielleicht nehmen sie uns auf und verstecken uns, falls Soldaten kommen.«

»Vielleicht hetzen sie den Hofhund auf uns.«

»Das kann auch sein.«

»Warum gehen wir nicht einfach weiter?«

»Weil sie vielleicht keinen Hofhund haben«, sagte Mika. Er stand auf und streckte ihr die Hand hin. »Komm.«

Sie ergriff seine Hand und so gingen sie ein Weizenfeld entlang und dann einen Kartoffelacker und eine Weide, auf der zwei Milchkühe grasten. In einer Koppel standen Zugpferde und eine Ziege.

»Sie haben keinen Hofhund«, sagte Mika, als sie sich dem Haus näherten.

»Warum meinst du?«

»Weil er längst angeschlagen hätte.«

✪

Der Hund lag in der Küche auf dem fleckigen, alten Linoleumboden in der Nähe eines Futternapfes, aus dem er gefressen haben musste, als ihm jemand von hinten eine Kugel in den Kopf geschossen hatte. Die Anrichte war voll mit eingetrocknetem Blut. Obwohl der Schuss ihn auf der Stelle töten hätte sollen, war der Hund noch ein Stück über den Boden gekrochen.

Mika betrachtete den Kadaver des Hundes, die Blutspuren überall, den Abdruck eines Schuhs mit Profilsohle, wie von groben Arbeitsschuhen.

Julia konnte dies alles nicht mehr ertragen. Sie lief hinaus auf die Veranda und kauerte sich mit dem Rücken an die Hauswand gelehnt nieder. Das Kinn auf ihre Fäuste gestützt starrte sie in das weite Land hinaus, zu den Wagenpferden hinüber und zum Schweinepferch und dann in die Ferne.

Mika trat in die Türöffnung.

»Außer dem toten Hund ist niemand im Erdgeschoss«, sagte er.

Julia presste die Lippen zusammen.

»Soll ich allein raufgehen?«

Sie hob den Kopf und sah ihn an. »Wir sollten von hier weggehen«, sagte sie. Ihre Stimme zitterte.

»Es kann sein, dass jemand oben ist. Oben sind die anderen Zimmer. Hier unten ist nur die Küche. Und das Wohnzimmer. Die Tür in der Küche führt in die Vorratskammer, und die Tür hintenhinaus führt über einen Platz zum Schuppen und zum Stall.«

»Mika, warum gehen wir nicht einfach weiter?«

»Hast du Angst?«

»Ja.«

»Weil der Hund tot ist?«

»In diesem Haus muss etwas Schreckliches geschehen sein, Mika. Lass uns weggehen.«

»Ich gehe hinauf und schaue nach.«

»Warum?«

»Ich muss da oben nachsehen, Julia.«

»Warum? Was glaubst du, was du da oben vorfinden wirst?«

»Weil ich das nicht weiß, muss ich nachsehen. Es könnte sein, dass jemand in Not ist.«

»Der Hund ist tot. In diesem Haus lebt niemand mehr, Mika.«

»Ich muss mich vergewissern, dass alles in Ordnung ist. Du kannst hier unten auf mich warten.«

Mika drehte sich um und stieg die schmale Holztreppe hinauf. Die Wand des Flurs war mit alter, dunkler Tapete verkleidet. Die Stufenbretter knarrten unter Mikas Gewicht. Auf dem Treppengeländer fiel ihm ein verschmierter Blutfleck auf.

Mika trat vorsichtig auf, so als hätte das Knarren der Stufen jemanden erschrecken oder warnen können. Oben lag ein alter, fadenscheiniger Teppich auf den Dielenbrettern. Durch das kleine Fenster, das nach Norden hin ausgerichtet war, fiel graues Licht.

Zwei der drei Türen, die Mika sehen konnte, waren zu. Eine Tür stand einen Spaltbreit offen. Mika warf einen Blick zurück, die Treppe hinunter. Die Haustür war sperrangelweit offen. Er sah Julias Beine und ihre Füße auf den Brettern der Veranda.

In der Küche schlug eine Uhr die volle Stunde.

Es war elf.

Kampfflieger jagten über die Ebene hinweg in die Richtung der Stadt.

Erst als das Geheul nicht mehr zu hören war, ging Mika auf die offene Tür zu.

Der Teppich dämpfte das Knarren der Bretter. Fast lautlos gelangte er zur Tür. Mit der linken Hand öffnete er sie langsam Stück für Stück, bis er fast den ganzen Raum überblickte: Ein Schrank aus dunkel gebeiztem und mit Glanzlack beschichtetem Holz, eine Wäschekommode, deren obere Schublade herausgezogen war und auf der ein silberner Kerzenständer mit einer völlig heruntergebrannten Kerze stand. Ein dickes Buch lag dort, wahrscheinlich die Bibel, ein Wasserglas und eine braune Medizinflasche mit einem vergilbten Etikett.

Durch ein Fenster fiel Licht in den Raum.

Er konnte einen Bettpfosten erkennen und den Schatten, den das Bett über einen bunten Teppich warf.

An der gegenüberliegenden Wand hing ein großes goldgerahmtes Bild, ein Sonnenuntergang, sich an dunklen Felsen brechenden Wellen, hell leuchtende Wolkenränder und eine Sonne, die mit ihrem unteren Rand die Horizontlinie des Ozeans berührte.

Auf einem Stuhl lag eine braune Hose mit herunterhängenden Hosenträgern. Über der Lehne hing ein weißes Hemd. Der rechte Ärmel war blutbesudelt.

Mika schob sich in die Türöffnung.

In jenem Teil des Zimmers, den er bis jetzt noch nicht gesehen hatte, stand das Ehebett mit seinen dunklen gedrechselten Pfosten. Hinter dem Bett ein großes Kreuz mit einem Jesus aus Metall und mehrere kleine Bilder, eingerahmte Fotografien.

Und auf dem Bett lagen ein Mann und eine Frau.

Die Frau lag auf dem Rücken. Ihr Gesicht war schneeweiß und schrumpelig eingefallen. Sie hatte die Augen geschlossen, die Hände auf der Bettdecke gefaltet, einen Rosenkranz zwischen den Fingern.

Der Mann lag neben ihr, halb zugedeckt. Er trug einen Pyjama. Seine Pantoffeln standen fein säuberlich nebeneinander vor dem Nachttisch. Mit beiden Händen hielt der Mann ein Gewehr fest, dessen Laufmündung sich ungefähr dort befand, wo sein Gesicht hätte sein sollen.

Aber der Mann hatte kein Gesicht mehr.

Auf dem Nachttisch lag der alte Hasentöter, mit dem er den Hund erschossen hatte.

Mika ging auf Zehenspitzen um das Bett herum, berührte die Wange der alten Frau. Die dünne Haut war eiskalt. Auf ihrer Seite des Bettes waren nur einige Blutspritzer vom Mann neben ihr. Sie schien keine Verletzung zu haben. War wohl einfach gestorben, alt und krank.

Er ging zur anderen Seite des Bettes und berührte den Handrücken der rechten Hand des Mannes, deren Zeigfinger sich am Abzug verkrampft hatte.

Die Haut war auch kalt, aber nicht so kalt wie die der Frau.

Mika sah sich um.

Es war alles sorgfältig aufgeräumt. So als hätte der Mann für den Moment seines Abschieds alles in Ordnung haben wollen.

Seine Schuhe standen unten bei der Hintertür. Blut an der Sohle des rechten Schuhs.

Auf der Veranda saß Julia auf dem Boden. Als er aus dem Haus kam, sah sie ihn an.

Er setzte sich neben sie hin und lehnte sich mit dem Rücken an die Wand.

»Sie sind beide tot«, sagte er.

Julia senkte den Kopf. Starrte auf ihre Hände nieder, die sie im Schoß verschränkt hatte.

»Es scheint, als ob die Frau eines natürlichen Todes gestorben ist. Danach hat der Mann den Hund getötet und anschließend hat er sich neben seine Frau gelegt und dann erst hat er sich erschossen.«

»Es sind alte Leute«, sagte Julia.

»Ja. Ohne sie wollte der Mann wohl nicht mehr weiterleben. Er sah keinen Sinn darin, allein weiterzuleben hier draußen, in dieser Einsamkeit.«

»Zusammen mit seiner Frau war er wohl nie einsam.«

»Wahrscheinlich nicht. Sie müssen Kinder gehabt haben. An der Wand über dem Bett hängen alte Fotos, alle eingerahmt.«

Sie saßen eine Weile nebeneinander auf der Veranda. Dann erhob sich Julia. »Komm, wir schauen nach den Tieren.«

Im Trog des Schweinepferchs war noch ein Rest der warmen Maische, die der alte Mann seinen Schweinen zum Fressen gegeben hatte.

Die Pferde und die Ziege beobachteten Mika und Julia, als sie über den Platz gingen.

»Wir könnten Dinge mitnehmen, die wir brauchen«, sagte Mika und blickte zum Haus hinüber.

»Was denn?«

»Essen aus der Vorratskammer.«

»Wir haben genug zu essen.«

»Nur für ein paar Tage.«

»Nein, Mika, wir haben genug zu essen.«

Mika zeigte zu einem Stromleitungspfahl hinüber. »Strom und Telefon. Lass mich wenigstens nachsehen, ob das Telefon funktioniert.«

Er ließ Julia stehen und ging ins Haus zurück. Im Wohnzimmer betätigte er den Lichtschalter. Eine Stehlampe bei einem Sofa mit riesigen Lehnen ging an.

Er sah sich um. Auf dem Tisch lag eine alte Zeitung. Eine Schnapsflasche stand dort und ein kleines Glas. Das Aquarium beim Fenster war bis auf ein paar künstliche Steine leer.

An der Wand über dem Sofa hingen zwei oval eingerahmte Bilder. Das eine zeigte eine junge Frau in einem weißen Kleid, das andere einen jungen Mann, der einen dunklen Anzug trug. Die Hände der Frau hielten einen kleinen Strauß Maiglöckchen. Am Revers der Anzugsjacke des Mannes steckte ein Maiglöckchen. Beide hatten glänzende Ringe am Ringfinger.

Etwas abseits dieser zwei Hochzeitsbilder hing eine grau gerahmte Fotografie der Familie. Drei Söhne. Einer etwas älter und in der Uniform eines Soldaten. Die anderen noch keine zehn Jahre alt, mit sorgfältig gescheiteltem Haar und karierten Hemden, zerknittert vom Zug der Hosenträger.

Mika fand das Telefon auf der Kommode beim Fenster. Dort stand auch das alte Radio. Er hob den Hörer ab und vernahm den Summton. Den Hörer in der Hand versuchte er sich an die Telefonnummer seiner Familie zu erinnern. Sie fiel ihm nicht mehr ein. Er ging hinaus. Julia war am Koppelzaun bei den Pferden und der Ziege. Fliegen belästigten die Pferde mehr als die kleine magere Ziege.

»Julia, das Telefon funktioniert.«

Sie sah ihn an.

»Wen willst du denn anrufen?«

»Vater. Aber ich habe die Nummer vergessen.«

Sie sagte ihm die Nummer. Er wiederholte sie, lachte und gab ihr einen Kuss. »Willst du deine Eltern anrufen?«

Sie schüttelte den Kopf.

»Nein, Mika.«

»Warum nicht?«

»Nicht von hier.«

»Gut«, sagte er etwas verunsichert. »Macht es dir etwas aus, wenn ich das Telefon benutze?«

Sie sah ihn an. Schüttelte den Kopf. »Gehen wir nach Hause, Mika?«

Mika holte tief Luft. Blickte in die Ferne. »Willst du nach Hause?«

»Wenn ich noch wüsste, wo das ist, Mika. Ich glaube, wir haben uns verirrt. Wir laufen in der Welt herum, ohne zu wissen, wohin wir gehen und warum wir dorthin gehen.«

Er legte einen Arm um sie und zog sie an sich.

»Wir sind beide müde, Julia.«

»Nicht so müde, wie es diese alten Leute waren.«

»Nein. Wir sind jung und haben das ganze Leben noch vor uns.«

Sie küsste ihn auf die Wange. »Willst du nach Hause, Mika?«

»Irgendwann gehen wir nach Hause.«

»Telefoniere mit deinem Vater, Mika. Dann gehen wir über die Berge und nach Hause.«

Er blickte zu den Bergen hinüber.

Auch die höchsten Kuppen waren schneefrei.

Einige Wolken umrundeten sie.

Weiße Schönwetterwolken am tiefen Blau des Himmels.

✪

»Mika?«

»Ich bin es, Vater.«

»Herrgott, bin ich froh, dass du anrufst.«

»Ich wollte schon länger mal anrufen, Vater. Tut mir leid.«

»Wenigstens bist du nicht tot.«

»Nein, das nicht.«

»Wo bist du?«

»Weiß ich nicht.«

»Du weißt nicht, wo du bist?«

»Ich weiß, wo ich bin, aber ich weiß nicht, wo das genau ist, wo ich hier bin.«

Sein Vater lachte.

»Na dann. Was ist mit Julia? Ist sie bei dir?«

»Sie ist draußen bei den Pferden.«

»Habt ihr Pferde?«

»Nein. Sie gehören nicht uns.«

»Habt ihr sie gestohlen?«

»Nein. Wir haben sie sozusagen ausgeliehen.«

»Sozusagen ausgeliehen?«

»Ja, von einem Bauern, der sie nicht mehr braucht.«

»Ein Freund von euch?«

»Nein. Wir sind nur zufällig hierhergekommen. Die Frau des Bauern war alt und ist gestorben.«

»Tut mir leid.«

»Uns auch. Kennst du dich mit Pferden aus?«

»Mit Pferden?«

»Ja. Es sind Wagenpferde. Glaubst du, dass ich ihnen das Geschirr anlegen und sie vor den Karren spannen kann?«

»Warum fragst du nicht den Bauern, Mika?«

»Der Bauer ist tot.«

»Tot?«

»Ja. Legte sich ins Bett, neben seine Frau, und schoss sich in den Kopf.«

Mika hörte seinen Vater den Atem durch die Nase ausstoßen.

»Sag mal, Mika, was ist geschehen?«

»Nichts. Ich dachte nur ... Ich dachte, du weißt, wie man Pferde ...«

Mika brach ab.

»Hallo, Mika, bist du noch dran?«

»Ich bin noch dran, Vater.«

»Sag mal, weinst du?«

»Nein.«

»Es klingt aber, als ob du ...«

»Nein! Ich weine nicht. Warum sollte ich weinen? Solche Dinge passieren. Seine Frau ist gestorben, fertig. Er hatte genug.«

»Gut, das verstehe ich, Mika.«

»Gut.«

»Was wolltest du von mir wissen?«

»Ob du weißt, wie man Pferden ein Geschirr anlegt?«

»Nein. Keine Ahnung, wie das geht. Ist niemand dort, der dir zeigen könnte, wie es geht?«

»Nein. Niemand. Es ist niemand mehr hier außer Julia und mir.«

»Aber du bist in einem Haus, nicht wahr?«

»Ja. Im Bauernhaus. Wir könnten die beiden Pferde vor den Karren spannen, der hinten im Schuppen steht, aber ich weiß nicht, wie das geht.«

»Ich kann dir auch nicht sagen, wie es geht. Sag mal, Mika, was ist mit den Toten?«

»Was meinst du? Was soll mit ihnen sein?«

»Habt ihr es gesehen?«

»Wie er sich erschossen hat?«

»Ja. Seid ihr dort gewesen, als es passiert ist?«

»Nein. Wir sind eben erst hergekommen.«

»Sind Verwandte da?«

»Nein. Es ist niemand da, das habe ich doch schon gesagt.«

»Und ihr habt nichts damit zu tun?«

»Was meinst du?«

»Ich meine, dass ihr die Polizei rufen solltet, Mika.«

»Wozu? Es ist alles in Ordnung. Die Frau ist gestorben. Sie ist eiskalt und liegt im Bett. Der Mann hat den Hund niedergeschossen und sich dann ins Bett neben seine Frau gelegt.«

Sein Vater schwieg. Er hörte ihn atmen. Fast eine halbe Minute lang sagte keiner von ihnen etwas.

»Mika?«

»Ja.«

»Ich sage es nicht gern, Mika, aber ich denke, dass ihr nach Hause kommen solltet.«

»Scheiße, Vater, das will ich nicht hören.«

»Entschuldige, Mika.«

»Gut. Um nach Hause zu kommen, müssen wir von hier aus zuerst einmal über die Berge. Und dazu brauchen wir die Pferde und den Wagen.«

»Gut, dann versuch die Pferde vor den Wagen zu spannen und auf geht's, Mika.«

»Was ist zu Hause?«

Sein Vater schien zu überlegen.

»Was ist zu Hause, Vater?«

»Eine Überraschung.«

»Eine Überraschung? Sag mir, was es ist.«

»Eine Überraschung eben!«

»Was ist es?«

»Du wirst es sehen, wenn du nach Hause kommst. Soll ich dir Geld schicken?«

»Nein. Ich rufe dich an, wenn wir irgendwo hinkommen, von wo wir nach Hause kommen können.«

»Ihr seid doch nicht am Ende der Welt.«

»Nicht ganz, Vater. Doch manchmal scheint es, als kämen wir bald dorthin.« Jetzt lachte Mika. »Zum Kap der Guten Hoffnung.«

»Seid ihr in Afrika?«

»Nein, das nicht, vielleicht in Russland.«

»Von dort kommst du nicht so einfach zum Kap der Guten Hoffnung.« Sein Vater wurde ungeduldig. »Kommt lieber nach Hause, Mika. Ich vermisse dich sehr. Und ich weiß, dass Julias Eltern sie genauso vermissen. Auch ihr Vater.«

»Willst du, dass ich auflege?«

»Nein, Mika.«

»Dann hör auf, mir zu sagen, was ich tun soll.«

»Gut, Mika. Ich hab's verstanden.«

»Gut. Ich rufe dich später wieder an.«

»Wann später?«

»Irgendwann. In ein paar Tagen. Ich weiß es nicht.«

»Mika.«

»Ja.«

»Der Bauer und seine Frau gehen mir nicht aus dem Kopf.«

»Es ist alles in Ordnung, Vater.«

»Ihr müsst doch nicht von dort fliehen?«

»Nein. Aber wir können auch nicht hierbleiben. Das Land versinkt im Chaos.«

»Viele Länder versinken zurzeit im Chaos. Ich fürchte, dass sich diese Brandherde ausbreiten werden.«

»Mach dir keine Sorgen, Vater. Julia und ich, wir sind okay.«

»Gut. Ich erwarte deinen Anruf.«

»Gut, Vater.«

»Ich liebe dich sehr, das weißt du.«

»Ich dich auch.«

Mika legte den Hörer auf die Gabel und verließ das Haus. Julia stand noch immer am Koppelzaun und streichelte eines der Pferde.

»Weißt du, wie man Wagenpferden das Geschirr anlegt, um sie vor einen Karren zu spannen?«

Sie lachte. »Hast du mit deinem Vater gesprochen?«

»Ja. Er wollte wissen, wie es dir geht.«

»Es geht mir gut. Hast du ihm gesagt, dass es mir gut geht?«

»Ich habe ihm gesagt, dass es uns gut geht.«

Mika schlüpfte durch zwei Zaunstangen in die Koppel. Die Ziege kam zu ihm. Gras hing aus ihrem Maul. Sie stieß ihm den Kopf hart gegen den Oberschenkel.

»Hau ab«, sagte er und gab ihr einen Fußtritt. Die Ziege trottete ein paar Schritte, blieb stehen und meckerte ihn an, während sie kackte.

Mika begann die Pferde zu streicheln. »Denkst du, dass sie sich von uns das Geschirr anlegen lassen?«

»Wozu willst du ihnen das Geschirr anlegen?«

»Um sie vor den Karren zu spannen. Mit ihnen und im Karren kämen wir schneller und leichter über die Berge.«

»Sie gehören ihnen und nicht uns«, gab ihm Julia zu bedenken.

»Sie hätten nichts dagegen, denke ich.« Er blickte zum Haus hinüber. In den Scheiben der Fenster spiegelten sich die Hügel und die Berge dahinter, goldgelbes Gras und dünne Wälder und dahinter die Felsklippen, die sich wie durchbrochene Mauern die Bergkette entlangzogen, zerklüftete Überreste einer riesigen Festung aus einer Zeit, als Heerscharen von Reitervölkern das Land durchstreiften.

Mika kletterte durch den Zaun.

»Wir müssen es versuchen«, sagte er. »Komm.« Er nahm sie

bei der Hand und sie gingen zusammen hinters Haus, wo sich der Schuppen mit den Ackergeräten und den Werkzeugen befand. Dort stand der alte Wagen mit senkrecht aufgerichteter Deichsel. An den Wandbrettern des Schuppens hing das lederne Geschirr, sorgfältig mit Sattelseife eingerieben und zum Glänzen gebracht, obwohl es schon alt und an einigen Stellen brüchig war.

Die große Axt steckte im Hackstock. Noch vor wenigen Tagen hatte der Mann angefangen Holz zu spalten. Die Scheite waren sorgfältig aufgestapelt. Und rochen nach frischem Harz.

Im ganzen Schuppen hatte der Mann alles sorgfältig aufgeräumt.

So als wäre er nicht sicher gewesen, ob er nicht eines Tages zurückkommen würde.

Oder als ob er gewusst hätte, dass nach ihm niemand mehr kommen würde, um aufzuräumen.

✪

Sie sahen die Jeeps der Soldaten den Karrenweg entlang zum Bauernhaus fahren. Es waren drei von ihnen und in jedem befanden sich vier Soldaten. Sie sprangen aus dem Jeep. Ein Offizier und zwei Soldaten betraten das Haus. Die anderen Soldaten verteilten sich. Einige gingen in den Schuppen. Einer ging zur leeren Koppel. Einer setzte sich auf die Treppe der Veranda, das Gewehr über den angezogenen Knien.

»Wir müssen weiter«, sagte Mika.

»Und wenn sie die Wagenspuren bemerken und uns nachfahren?«

»Es wird bald Nacht. Ich glaube, sie werden die Nacht dort unten verbringen. Vielleicht werden sie die beiden Toten und den Hund begraben und Lastwagen anfordern, mit denen sie das ganze Zeug abtransportieren können.«

»Vielleicht lassen sie alles, wie es ist, und nageln die Fenster mit Brettern zu.«

»Das kann auch sein.«

Die Ziege, die hinten am Karren mit einem Seil festgebunden war, meckerte. Die Pferde fraßen Blätter von den Büschen am Wegrand.

»Komm, wir fahren weiter, bis die Sonne untergegangen ist.«

»Meinst du, dass wir bis zum Pass hinauf kommen?«

»Vielleicht. Dort oben gibt es viele Kurven.«

»Du kommst gut mit den Pferden zurecht, Mika.«

»Diese Gäule tun alles von alleine. Der alte Mann muss ihnen das beigebracht haben.«

»Trotzdem. Ich bewundere dich.«

Mika grinste breit. »Soll ich dich küssen?«

»Warum nicht? Du hättest guten Grund dazu.«

»Guten Grund?« Er sah sie kurz von der Seite an. Sie lächelte, blickte aber geradeaus.

»Sehr guten Grund.«

Er trieb die Pferde an, indem er die Zügel gegen ihre Leiber klatschen ließ. Die Pferde gingen etwas schneller, aber nach nicht einmal hundert Metern fielen sie in den alten Schritt zurück.

Die schmale Straße führte an der Südseite der Hügel durch eines der vielen schütteren Wäldchen. Der Boden war hier ziemlich steinig und trocken, die Straße bestand aus nicht mehr als zwei Radfurchen mit großen und kleineren Schlaglöchern.

An einer Abzweigung hielten sie an. Ein verwitterter Wegweiser zeigte in die zwei Richtungen. Auf einer Tafel stand: »Grenze«. Auf der anderen: »Bergwerke. Achtung! Nationales Sperrgebiet. Auf Unbefugte wird geschossen.«

Sie wählten die Abzweigung, die weiter die Berge hinauf und zur Grenze führte. Irgendwo befand sich die Grenze. Sie hatten keine Ahnung wo. Vielleicht auf dem Pass.

Sie ließen die Wälder hinter sich und in der ersten der engen Kehren hielten sie an und blickten zurück. Unten in der Ebene, die nun schon sehr weit entfernt war, sahen sie einige Soldaten neben dem Haus. Vielleicht hoben sie ein Grab aus.

Das Bauernhaus und die Felder lagen bereits im Schatten der Hügel.

Aus dem Kamin des Bauernhauses stieg Rauch.

»Ich denke mal, jetzt ist alles in Ordnung«, sagte Mika.

Weiter oben suchten sie einen Platz, wo sie die Nacht verbringen konnten, aber die Hänge hier waren viel zu steil, und so fuhren sie nach Sonnenuntergang noch weiter und hielten erst in einer Senke auf dem Pass an, wo es keine Bäume mehr gab.

Auf der anderen Seite des Passes führte die Straße talwärts.

Es gab nirgendwo eine Markierung, dass sie die Grenze überschritten hätten. In der Senke stand eine kleine Steinhütte, die wahrscheinlich von Schafhirten benutzt wurde. In der Nähe entsprang ein Bach.

Mika und Julia schirrten die Pferde aus und führten sie zum kleinen Quelltümpel, um sie trinken zu lassen. Sie beobachteten die Pferde beim Trinken, wunderten sich darüber, wie sie ihr Maul einfach ins Wasser hielten und lautlos tranken.

Es gab wenig Holz. Nur kleine Äste von kleinen Sträuchern, die hier oben Wind und Wetter zu trotzen vermochten. Aber es gab genug Gras für die Pferde.

Mika und Julia machten die Pferde an Stricken fest, die sie an größeren Sträuchern befestigten.

Sie verzichteten darauf, ein Feuer zu machen.

In dieser Nacht war der Himmel sternenklar.

Sie aßen von ihrem Proviant und öffneten eine der Büchsen aus der Vorratskammer des Bauernhauses. Sie enthielt Pfirsichhälften in einer süßen Soße.

»Es geht uns gut«, sagte Julia.

»Du hast mir den sehr guten Grund noch nicht gesagt.«

Sie holte mit der Gabel einen halben Pfirsich aus der Büchse und steckte ihn Mika in den Mund. »Ich weiß nicht, ob ich es dir wirklich sagen soll.«

Er mampfte den halben Pfirsich. Soße lief ihm übers Kinn.

»Aber vielleicht ist hier der beste Platz der Welt, um es dir zu sagen.«

Julia legte sich zurück.

Er beugte sich über sie und gab ihr einen klebrigen Kuss auf die Lippen. »Kriegst du ein Kind?«

»Ja, ich bin schwanger.«

Er richtete sich auf. Sah sie an. Stand auf. Ging im Kreis herum.

»Bist du sicher, dass du schwanger bist?«

»Hundertpro.«

Sie erhob sich, nahm ihn bei der Hand und sie gingen zum Quelltümpel hinüber. Dort setzten sie sich hin. Die Ziege meckerte.

Im Mond, der sich im Wasser spiegelte, sahen sie winzige Frösche schwimmen.

»Es ist der beste Platz der Welt, Mika.«

»Wegen der Quelle?«

»Wegen allem. Weil wir hier sind und weil niemand sonst hier ist, außer die beiden Pferde und die doofe Ziege und die kleinen Frösche und vielleicht ein paar Ameisen, die schon schlafen.«

Mika umarmte sie und sie küssten einander und er merkte, wie er am ganzen Leib zitterte. Vor Freude. Vor Aufregung.

»Mika. Glaubst du, dass uns hier jemand findet?«

»Nicht jetzt«, sagte er. »Nicht in dieser Nacht.«

Sie legte sich auf den Rücken und er öffnete ihr Hemd und er beugte sich über sie und küsste ihre Brüste.

»Freust du dich?«, fragte sie ihn leise.

»Ja. Sehr.«

»Sehr? Dann ist es gut«, sagte sie.

Sie blieben an der Quelle liegen und liebten sich und dann krochen sie auf dem Wagen in ihre Schlafsäcke, und obwohl es nicht gut ging, versuchten sie sich zu umarmen und dabei einzuschlafen. Schließlich krochen sie gemeinsam in einen der Schlafsäcke, obwohl dies auch unbequem war.

Sie wachten auf, als die Sterne am Himmel erloschen.

Dort, wo sie hergekommen waren, ging die Sonne auf.

Eines der Pferde lag auf dem Boden. Das andere stand und döste.

Die Ziege lag unter dem Wagen.

Sie blickten sich um.

Es war niemand da.

»Hast du geträumt?«, fragte sie ihn.

Er gähnte und rieb sich den Schlaf aus den Augen.

»Ich habe geträumt, dass du schwanger bist«, antwortete er ihr.

»Das ist kein Traum, Mika.«

»Gut«, sagte er, »dann bin ich wirklich glücklich.« Er öffnete den Reißverschluss des Schlafsacks, rollte über sie, packte sie bei den Schultern und schüttelte sie leicht.

»Ich liebe dich, Julia«, lachte er dabei. »Ich liebe dich.«

Das Pferd stand auf. Seine Hufeisen schlugen gegen die Steine. Die Ziege äugte durch eine Spalte zwischen den Brettern des Karrenbodens und blökte wie ein Schaf.

»Du bist kein Schaf«, schnauzte Mika sie an.

Die Ziege sah ihn durch die Spalte mit einem Auge an. Mika sprang vom Wagen. Er war nackt.

Eines der Pferde wieherte.

»Ach was«, rief er ihm zu. »Du weißt gar nicht wie es ist, Vater zu werden.« Er ging zur Quelle, ließ einen der kleinen Frösche in seine hohle Hand schwimmen. Schnell nahm er ihn aus dem Wasser und küsste ihn.

Einen Frosch hatte er noch nie geküsst. An diesem Morgen hätte er auch die Pferde küssen können.

Oder die Ziege.

Er ließ den Frosch wieder ins Wasser gleiten.

Er blickte zu Julia hinüber. Sie saß nackt auf dem Karren und kämmte sich mit den Fingern die Haare zurück.

Sie sah schön aus im sanften Morgenschatten. So schön, dachte er, habe ich sie noch nie gesehen.

✪

Zuerst dachte er, der alte Mann ginge am Stock. Aber der Stock war etwas anderes, ein Stab mit einem Metallteller an einem Ende.

Ein Metalldetektor.

Der alte Mann ging durch den Wald. Als er Mika kommen sah, blieb er stehen. Sein schmutziger Mantel hing lose von seinen Schultern. Er trug dunkelgrüne Gummistiefel und einen Hut.

Misstrauische Augen musterten Mika.

»Wer bist du?«, fragte der Mann.

»Wer bist *du*?«, fragte Mika zurück.

»Ich bin niemand«, sagte der alte Mann.

»Was tust du hier?«

»Ich gehe einfach durch den Wald. Und du, was tust du hier? Ich habe hier in diesem Wald noch nie jemanden gesehen. Bin noch nie jemandem begegnet.«

»Wonach suchst du mit deinem Metalldetektor?«

»Alte Münzen. Sie liegen hier seit Hunderten von Jahren. Die Römer sind hier durchgezogen. In diesem Wald gibt es auch Gräber.«

»Gräber von Römern?«

»Das weiß ich nicht. Alte Münzen und Gräber. Manchmal auch Knöpfe von Uniformen. Es wurden hier in diesem Wald Schlachten geschlagen.«

»Zeig mir ein Grab«, forderte Mika den alten Mann auf.

»Dann musst du mit mir kommen.«

»Ist es weit?«

»Nicht sehr. Es gibt hier viele Gräber. Überall gibt es Gräber.«

Der alte Mann schaltete den Metalldetektor ein und schlurfte durch das nasse Laub und stieg über modrige Äste und ging über Mooskissen und durch hüfthohen Farn.

Mika folgte ihm, bis der alte Mann stehen blieb.

»Hier ist etwas«, sagte er und nahm einen Handspaten aus seinem Rucksack. »Ja, hier ist etwas.«

Dort, wo der Metalldetektor angeschlagen hatte, begann er vorsichtig ein Loch zu graben. Mika schaute ihm zu. Die Erde, wo der Mann grub, war schwarz und weich und roch würzig. Der Mann griff mit den Fingern in die Erde und brachte etwas zum Vorschein. Es war eine alte Patronenhülse. Er warf sie Mika zu.

»Häufig findet man etwas völlig Wertloses wie diese Patronenhülse.«

Der alte Mann ging weiter bis zu einer kaum erkennbaren Mulde.

Dort fing er erneut an zu graben. Er tat es sehr vorsichtig, manchmal benutzte er nur die Hände.

»Hier liegt einer«, sagte er.

Mika beugte sich vor und blickte in die Grube hinein.

Tief unten im Halbdunkel lag er selbst. Knorpelige Wurzelarme hatten ihn umschlungen. Er trug einen schwarzen Anzug und ein weißes Hemd ohne Kragen, das bis zum Hals zugeknöpft war. Im Revers des Jacketts steckte ein Maiglöckchen.

Der alte Mann kickte mit einem seiner klobigen Stiefel nasse Blätter vom Waldboden in die Grube.

Im freien Fall wurden die Blätter zu Münzen, die auf den Leichnam hinunterprasselten.

Mika drehte sich um. Wollte den alten Mann wegstoßen,

aber wo dieser gestanden hatte, war jetzt der Hackstock aus dem Bauernhaus, mit der Axt tief in seinem Holz.

Mika packte die Axt, stemmte sie aus dem Stock und kletterte in die Grube. Mit aller Kraft begann er mit der Axt auf die Wurzelarme einzuhauen, um die Leiche aus der Umklammerung zu befreien.

✪

»Mika, Mika, da kommen Leute!«

Mika war dabei, Holz für ein Feuer zusammenzutragen.

Ein neuer Tag graute, aber auf der Westseite der Bergkette, wo sich die alte Passstraße in weiten Bögen ins Tal schlängelte, wollten die Nachtschatten dem Licht des Tages noch nicht weichen.

Mika legte einen Armvoll Äste auf den Boden und schlich zu einigen Felsbrocken hinüber, hinter denen Julia und er am Vorabend das Lager eingerichtet hatten.

Die Pferde grasten am Fuße eines Steilhanges. Die Ziege lag unter dem Karren.

Von der Straße aus war das Lager nicht zu sehen, und da das Feuer noch nicht brannte, gab es auch keinen Rauch, der es den Menschen, die auf der Straße daherkamen, hätte verraten können.

Die Reihe dunkler Gestalten bewegte sich beinahe lautlos durch das kalte Morgengrauen, Männer, Frauen und Kinder. Die meisten von ihnen trugen Säcke und Taschen voll mit Sachen, die sie nicht hatten zurücklassen wollen. Kinder klammerten sich an ihre Mütter und Väter. Ältere Geschwister trugen die Kleinsten auf ihren Schultern.

Ein einzelner Mann in einem schwarzen Mantel ging den anderen voran.

Er leuchtete mit einer Taschenlampe die Straße ab, als suchte er etwas, das er verloren hatte, oder als ob er seinen eigenen Schritten nicht traute. Der kleine Lichtkegel huschte über Radrillen und die Steine und durch die Schlaglöcher und an den Böschungen am Straßenrand entlang. An zwei breiten Schulterriemen trug der Mann eine Last, die schwer auf seinem Rücken lag und ihn gebeugt Schritt für Schritt gehen ließ. Über seiner rechten Schulter hing eine Schrotflinte mit dem Doppellauf nach unten.

Mika griff, vorsichtig jedes Geräusch vermeidend, in die Tasche seiner Jacke und holte den Hasentöter heraus, der dem Bauer gehört hatte.

Julia bemerkte die kleine Pistole in seiner Hand, obwohl er versuchte sie vor ihr zu verbergen.

»Du hast den Revolver mitgenommen«, flüsterte sie scharf.

»Es ist kein Revolver«, gab Mika leise zurück. »Es ist eine Pistole.«

»Das ist mir egal, Mika. Mit diesem Ding hat er den Hund getötet.«

»Das stimmt.«

»Und du hast ihn einfach mitgenommen, Mika.«

»Das stimmt auch«, gab er zu.

»Du hast den Revolver gestohlen!«

»Er braucht die Pistole nicht mehr.«

»Trotzdem. Du hast ihn gestohlen.«

»Dann haben wir auch den Karren und die Pferde gestohlen, Julia, und auch die Vorräte aus der Vorratskammer.«

Der Mann blieb an der Stelle stehen, wo die zwei Radspuren von der Straße abbogen und zum Lagerplatz führten, der sich hinter den Felsen auf einer kleinen Hochebene befand.

»Mika, es …«

»Sei still, Julia. Er hat uns gehört.«

Julia hielt sich den Mund mit der Hand zu. Der Mann leuchtete die Radfurchen entlang zu den Felsbrocken hinüber.

Er befand sich nicht einmal mehr hundert Schritte von ihnen entfernt, eine Silhouette nur, mit einem fahlen Gesicht im Schatten einer Hutkrempe, in dem keine Einzelheiten zu erkennen waren.

Der Mann gab den Nachkommenden ein Handzeichen.

Sie reagierten sofort. Genauso geräuschlos, wie sie die Straße heruntergekommen waren, verschwanden sie links und rechts hinter den Böschungen und hinter Büschen und Steinbrocken. Sie machten sich so klein, wie sie es nur konnten, drückten die Kinder an sich und versuchten sie stillzuhalten.

Der Mann setzte seinen Weg fort, aber anstatt weiter der Straße zu folgen, bog er auf den Pfad mit den zwei schmalen Radfurchen ein. Er ging auf der Erhöhung zwischen den Furchen bis zu jener Stelle, wo das Gelände steil anzusteigen begann.

Erneut verharrte der Mann mitten im Schritt. Er leuchtete die Felsen ab.

Plötzlich knipste er die Taschenlampe aus.

Im schwachen Licht des Morgengrauens sahen Mika und Julia, wie der Mann sie in seinem Mantel verschwinden ließ. Dann nahm er die Schrotflinte von der Schulter. Er hielt sie mit beiden Händen, so wie ein Jäger, der sich darauf vorbereitet, die Waffe schnell an die Schulter zu nehmen, um im nächsten Augenblick eine gezielte Ladung Schrot abzugeben.

Er wartete, ein Bein vor das andere gestellt, um die Last auf seinem Rücken besser zu balancieren. Den Kopf hatte er in den Nacken gelegt.

Mika und Julia wagten es nicht, auch nur mit einer Wimper zu zucken.

Der Mann rührte sich nicht von der Stelle. Stand still, bereit, sofort zu schießen, sobald sich ihm ein Ziel bot.

Eines der Pferde schnaubte.

Der Mann hob die Schrotflinte. Sein Zeigefinger war am Abzug gekrümmt.

»Ist da jemand?«, fragte er mit einer Stimme, die lautes Reden nicht gewohnt schien.

»Wir sind zu zweit«, antwortete Mika schnell. »Und ich hätte Sie längst niederschießen können.«

Erleichtert ließ der Mann die Schrotflinte etwas sinken.

»Besten Dank, dass du es unterlassen hast«, sagte er und holte tief Luft.

»Ich habe eine Pistole!«

»Was du nicht sagst. Ist sie geladen?«

»Ich könnte es immer noch tun«, drohte Mika.

»Dazu hättest du wahrlich keinen Grund. Ich bin ziemlich harmlos, wenn man mich nicht bedroht. Außerdem habe ich einen langen und beschwerlichen Weg hinter mir.

»Und wer sind die anderen?«

»Flüchtlinge. Sie haben sich mir anvertraut, weil ich den Weg über die Berge kenne, aber beschützen werde ich sie nicht können.«

»Gut, dann hängen Sie sich das Gewehr wieder über die Schulter und gehen Sie einfach weiter«, fuhr Mika beharrlich fort.

»Es wird bald hell sein und wir wollten uns hier zwischen den Felsen verstecken und erst bei Dunkelheit weitergehen.«

»Vor wem denn? Außer uns beiden ist hier niemand, wir sind in drei Tagen noch keinem Menschen begegnet.«

»Aber ihr habt die Flugzeuge gehört, nicht wahr? Und die Helikopter? Sie haben die Hauptstadt und einige andere Städte und Dörfer in Schutt und Asche gelegt. Auf der Hauptstraße und vom Fluss her durch die Ebene dringen seit vorgestern Hunderte von Panzern in unser Land ein, begleitet von Tausenden von Söldnern. Die Jungen kämpfen noch, aber sie haben keine Chance. Die Revolution ist vorbei. Der Präsident kehrt zurück, und wer aus seinem Land zu fliehen wagt, wird gnadenlos verfolgt werden.«

»Wo wollt ihr denn hin, wenn es so ist, wie du sagst?«

»Das wissen wir noch nicht. Wir hoffen, dass man uns aufnimmt und nicht zurückschickt oder tötet.«

Der Mann deutete mit einer Kopfbewegung hinüber zur Straße, wo die Flüchtlinge Schutz gesucht hatten, wo es in Wirklichkeit aber keinen Schutz gab. »Es sind viele Frauen und Kinder dabei. Einige Männer. Ich bin ein alter Mann und kann einfach nicht verstehen, dass auf Frauen und Kinder Jagd gemacht wird.«

»Hat man auf euch geschossen?«

»Nein. Sie haben andere entdeckt. Wir haben Schüsse gehört. Sie haben aus Helikoptern auf Flüchtlinge geschossen. Mit Maschinengewehren und sogar mit Bordkanonen. Diese Geschosse sind mit einem Aufschlagzünder versehen und explodieren beim Aufprall. Unglaublich, dass jemand mit solchen Geschossen auf Menschen schießt, die wehrlos sind.«

»Ich war dabei, ein Feuer zu machen. Das sollte ich in diesem Fall vielleicht besser bleiben lassen.«

»Das wäre vernünftig. Sagt mal, warum zeigt ihr euch nicht? Habt ihr etwa Angst?«

Noch bevor sie auf die Frage reagieren konnten, wiederholte sie der Mann. »Habt ihr etwa Angst?«

Dann lehnte er die Schrotflinte gegen einen Felsbrocken am Wegrand. Er nahm die Taschenlampe aus seinem Mantel und leuchtete zu einigen Birken hinüber, wo Mika gerade noch nach Feuerholz gesucht hatte.

»Dort drüben, bei diesem Wäldchen, wollten wir uns den Tag über verstecken. Es ist ein Platz, wo ich meinen Bienenkasten aufstellen könnte.« Umständlich fing der Mann an, sich seiner Last und seiner Schrotflinte zu entledigen. Dann setzte er sich auf die Böschung am Wegrand und nahm einen Tabaksbeutel hervor. «Ich bin nämlich ein Imker. Meine Bienen und ich, wir stellen Berghonig her. Vom Feinsten.« Er zeigte ins Tal hinunter. »Für die reichen Leute in der Stadt ist nur das Beste gut genug.«

In einer Lücke zwischen den Felsen erhoben sich nun Mika und Julia fast gleichzeitig.

Mika ließ den Hasentöter in der Hosentasche verschwinden.

»Ja, hier, das ist ein Bienenkasten. Aus Eschenholz gezimmert.« Der Mann klopfte mit den Fingerknöcheln der Hand, in der er den Tabaksbeutel hielt, gegen den Holzkasten, den er auf dem Rücken getragen hatte, und blickte zu Mika und Julia hinauf, steckte die Pfeife zwischen seine Zähne und zündete sie mit einem Streichholz an.

»Würde es euch etwas ausmachen, wenn wir dort drüben bei diesem Wäldchen unser Lager aufschlagen?«

»Nein, natürlich nicht. Wir wollten sowieso weiter. Da wir nicht von hier sind, haben wir wohl nichts zu befürchten.«

»Aber ihr seid von drüben gekommen?«

»Ja, Wir sind auf einer Reise.«

»Ihr zwei allein?«

»Nein. Wir haben einen Karren und zwei Pferde«, sagte Mika.

»Und eine Ziege«, fügte Julia hinzu.

»Und wohin wollt ihr, wenn ich mal fragen darf?«

»Wir folgen dieser Straße ins Tal.«

»Wir wollen nach Hause«, erklärte Julia.

Der Mann schaute sich um. Spähte zur Passhöhe hinauf, die Mika und Julia vor zwei Tagen überquert hatten. Die Ränder der Kuppen leuchteten vom Licht der Sonne, die auf der anderen Seite der Bergkette aufgegangen war.

»Ich kenne diese Berge«, sagte der Mann. »Ich habe meine Kästen schon überall hingestellt. Auf diesen Pfaden sind oft Schmuggler unterwegs. Sie haben einige meiner Kästen aufgestöbert und einfach angezündet.«

»Mit den Bienen drin?«

Der Mann blickte auf seine Schuhe nieder. »Ihr glaubt es nicht, aber ich kenne jede einzelne von meinen Bienen. Für mich war das das Schlimmste, was man mir antun konnte, meine Bienen zu töten.«

»Was können Sie dagegen tun? Damit es nicht mehr geschieht, meine ich.«

»Ich kann gar nichts tun. Beten. Sonst nichts. Hoffen, dass sie die Kästen nicht finden.« Der Mann strich mit seinen Fingern beinahe liebevoll die Konturen seines Kastens entlang. «Wollt ihr mal hineinsehen?«

»Sind da Bienen drin?«

»Ein ganzes Volk. Mit einer wunderbaren Königin.«

Über dem Pass ging die Sonne auf. Ihr Licht glitt über die Hügel herunter, floss durch die trockenen Bachrinnen und über die Wipfel der Kiefern und über die tiefer liegenden Bergwiesen ins Tal hinunter.

Der Mann öffnete den Bienenkasten. Als ob die Bienen nur darauf gewartet hätten, ins Freie zu gelangen, schwärmten sie aus. Ähnlich einem Mottenschwarm im Licht einer Straßenlampe, flogen sie um den Bienenkasten herum, und selbst der Qualm aus der Pfeife des Mannes vermochte sie nicht zu vertreiben.

»Sie mögen den Pfeifengeruch«, lachte der Mann. Er klopfte die Pfeife an einem Stein aus und steckte sie in die Tasche seines schwarzen Mantels. Mühsam erhob er sich und winkte zur Straße hinüber. Dort richteten sich die Menschen auf und traten aus ihren notdürftigen Verstecken.

Der Mann bückte sich und hantierte am Kasten herum, lud ihn sich wieder auf den Rücken und ergriff die Schrotflinte. Langsam und ohne auf die anderen zu warten, kam er, mit seinen klobigen Schuhen im losen Geröll nach Halt suchend, den steilen Hang herauf auf die Felsen zu.

Die Bienen umschwärmten ihn, während er ging. Der Mann blickte zu Boden, während er einen Fuß vor den anderen setzte. Sie hörten seinen keuchenden Atem. Nach kurzer Zeit blieb er stehen und hob den Kopf, um die Distanz abzuschätzen, die noch vor ihm lag, bevor er schließlich flacheres Gelände erreichen würde.

So zeigte ihnen der Mann zum ersten Mal sein Gesicht. Mika traute seinen Augen nicht. Es war das Gesicht des alten Mannes, der ihn zum Grab geführt hatte, in dem er selber gelegen hatte.

»Sind Sie nicht der Schatzsucher?«, entfuhr es Mika. »Der, der in Gräbern nach alten Münzen sucht?«

»Ich nehme mal an, du verwechselst mich mit jemandem, Junge«, antwortete er und setzte seinen Weg fort.

»Die Bienen«, rief ihm Julia zu. »Stechen die Bienen nicht?«

»Meine Bienen sind sehr zutraulich«, schnaufte der alte Mann. »Ihr braucht keine Angst zu haben. »Ich will diesen Kasten dort drüben beim kleinen Wäldchen platzieren.«

Der alte Mann ging weiter.

Auf der kleinen Bergwiese angekommen, wo Mika und Julia ihr Lager aufgeschlagen hatten, war er völlig außer Atem. Er blickte sich nach den Flüchtlingen um, die nun den steilen Pfad hochkamen, dann setzte er sich auf einen Felsbrocken. Mika und Julia beobachteten ihn. Der Bienenschwarm umschwirrte ihn. Einzelne Bienen entfernten sich etwas weiter von ihm als andere, aber es schien, als ob sie wüssten, dass sie noch nicht dort angekommen waren, wo der Mann den Kasten hinstellen würde.

Sobald der Mann wieder genug Luft hatte, holte er die Pfeife aus der Manteltasche, tat ein bisschen Tabak hinein, stopfte ihn mit dem Zeigefinger, steckte die Pfeife zwischen seine Zähne und zündete sie an.

»Ihr denkt vielleicht, die Bienen wollen nicht weg von mir.«

»So sieht es aus«, nickte Julia. »Aber ich denke, sie wollen nicht weg von der Königin.«

»Das stimmt. Sie wissen tatsächlich, dass wir noch nicht dort angekommen sind, wo sie den ganzen Herbst hindurch bleiben werden. Kommt her, ich zeige euch die Königin.«

Der alte Mann ließ den Kasten von seinem Rücken gleiten und stellte ihn sich zwischen die Beine. Wie ein Zauberer sah er aus, der seiner Kiste ein weißes Kaninchen entlocken wollte. Sorgfältig öffnete er den Kasten und entnahm ihm einen der Rahmen, in denen die Bienen ihre Waben gebaut hatten.

»Hier. Da ist sie. Umgeben von ihren Bewunderern. Schaut sie euch an. Sie ist die schönste aller meiner Königinnen und sie hat auch das fleißigste Volk.«

Er hielt seine Finger zwischen die umherkrabbelnden Bienen und hob behutsam die Königin von den Waben.

»Hier, das ist sie. Wenn sie jetzt davonfliegen würde, würde ihr das ganze Volk folgen. Aber das tust du nicht, nicht wahr, meine Kleine?«

»Wieso hat sie einen roten Punkt auf dem Rücken?«

»Das ist eine aufgemalte Markierung. Sie sagt mir, in welchem Jahr sie geschlüpft ist.« Die Biene krabbelte an den Fingern des Mannes umher, von einer seiner Hände auf die andere. »Sie ist die Herrscherin über dieses Volk. Jede einzelne Biene tut das, was sie tut, allein für sie. Die, die jetzt herumfliegen, sind die Arbeiterinnen. Sobald ich den Kasten dort oben aufgestellt habe und die Blüten sich im Licht der Sonne öffnen, fangen sie an, Blütenstaub zu sammeln.«

Der alte Mann tat die Biene zurück in die Wabe und hängte den Rahmen wieder in den Kasten.

Irgendwo über den Bergen flogen Kampfflugzeuge in Richtung Osten. Die Sonne war aufgegangen.

In einiger Entfernung heulten fünf Helikopter im Pulk an den Hängen entlang und verschwanden hinter einem Ausläufer der Berge, der sich bis weit hinunter ins Tal erstreckte.

Als sie weg waren, herrschte wieder trügerische Stille.

Einer nach dem anderen erreichten die Flüchtlinge die kleine Ebene. Einige von ihnen ließen sich erschöpft nieder. Andere standen unschlüssig da. Eine Frau, die ein kleines Kind auf dem Arm hatte, fragte den alten Mann, ob sie hierbleiben würden.

»Wir werden uns dort drüben verstecken«, sagte der alte Mann. »Im Wäldchen. Es bietet keinen sicheren Schutz, aber wenn wir vorsichtig sind, wird man uns nicht einmal von einem Helikopter aus entdecken.«

Die Frau ging zu den Pferden. Sie redete leise mit den Pferden, streichelte sie sachte und das Kind verlor seine Scheu und streckte eine Hand aus, um die Pferde zu streicheln.

Einer der Männer, der einen blutigen Kopfverband trug, fragte Mika, ob die Ziege zu verkaufen sei. »Wir haben nur wenig zu essen«, erklärte er.

»Die Pferde und die Ziege gehören zusammen«, erklärte ihm Mika. »Aber wir könnten hierbleiben, bis es dunkel ist, und einige von euch könnten wir auf dem Wagen mitnehmen, Frauen und Kinder vielleicht.«

»Das würdet ihr für uns tun?«, fragte der Mann ungläubig.

»Ich denke schon«, sagte Mika und sah Julia fragend an.

»Wir haben auch ein wenig Proviant, von dem wir euch etwas abgeben könnten«, sagte Julia.

Der Mann streckte seine Hand aus und Mika ergriff sie.

»Danke«, sagte der Mann. »Es wäre dumm, dieses Angebot nicht anzunehmen. Mein Name ist Rob.«

»Mika. Das ist Julia. Wir waren in der Hauptstadt, als der Präsident gestürzt wurde.«

»Anstatt ihn nur davonzujagen, hätten wir ihn töten sollen«, rief eine junge Frau, die den linken Arm in einer Schlinge trug. »Er ist ein Verrückter, der von Söldnern auf sein eigenes Volk schießen lässt. Wir hätten ihn vor ein Revolutionsgericht stellen und standrechtlich erschießen sollen, bevor er abhauen konnte.«

»Er wird sich blutig an allen rächen, die sich gegen ihn gewandt haben«, sagte ein Mann, der einen großen Rucksack auf dem Rücken trug. »Und wenn alles vorbei ist, werden ihm

Staatsmänner wieder die Hand reichen, als wäre er einer von ihnen.«

»Er ist einer von ihnen!«, rief ein Mann. »Sie sind alle gleich. Verdammte machthungrige Halunken. Ich werde nie mehr in dieses Land zurückkehren.«

Das dröhnende Geräusch, wie es nur langsam fliegende Helikopter erzeugen können, schreckte die Flüchtlinge auf. Angstvoll suchten sie den wolkenlosen Himmel nach ihnen ab, aber das Geräusch wurde leiser und war bald nicht mehr zu hören.

Wenig später fielen nicht weit entfernt Schüsse.

Der alte Mann erhob sich. »Hier sind wir nicht sicher«, wandte er sich an die Flüchtlinge. »Wir müssen uns alle dort drüben im Wäldchen verstecken. Niemand verlässt während des Tages das Wäldchen. Passt auf die Kinder auf.«

Der alte Mann erhob sich und machte sich für den Weitermarsch bereit. Es war nur eine kurze Wegstrecke von vielleicht zwei-, dreihundert Metern von den Felsen bis zum Wäldchen.

»Es wäre besser, wenn ihr euch auch dort drüben versteckt«, sagte er zu Mika und Julia. »Dieser Platz hier ist vom Helikopter aus leicht zu entdecken. Rob kann euch beim Aufzäumen der Pferde helfen, damit es schneller geht.«

Mit der Schrotflinte in der Hand und dem Kasten auf dem Rücken drehte er sich um.

In diesem Moment vernahmen sie alle das Geheul eines schnell nahenden Hubschraubers.

Die Flüchtlinge gerieten in Panik. Einige drängten sich zusammen und kauerten einfach nieder, hielten die Hände schützend über ihre Köpfe, als erwarteten sie im nächsten Moment Hagelkörner, die auf sie niederprasseln würden. Andere rannten davon, aber sie kamen nicht weit.

Der alte Mann stolperte mit seinem Bienenkasten zum Anfang des schmalen Pfades, der zum Wäldchen hinüberführte. Die Pfeife, die er in die Manteltasche stecken wollte, fiel zu

Boden. Er bückte sich unter der schweren Last und wollte sie aufheben.

Die Bienen flogen wie besessen um ihn herum.

Über einem Hügelrücken tauchte jetzt ein einzelner Hubschrauber auf, flog einen engen Bogen, wurde langsam und kam einen niederen Felsgrat entlang direkt auf sie zu.

Als der alte Mann den Pfad erreicht hatte, leuchtete an der Unterseite des Hubschraubers Mündungsfeuer auf.

Die Schüsse aus zwei Maschinengewehren waren im Lärm des Rotors nicht zu hören.

Im Kugelhagel brachen die beiden Pferde zusammen.

Ein Schuss aus der Bordkanone traf den Wagen. Das Geschoss explodierte, als es die Bodenbretter durchbohrte und dann auf dem steinigen Boden aufschlug.

Stücke des Wagens flogen durch die Luft.

Frauen und Kinder warfen sich hin. Ein Mann krümmte sich am Boden zusammen und versuchte mit seinem Körper ein Baby zu schützen.

Von Kugeln getroffen fiel alte Mann auf dem schmalen Weg in die Knie und dann auf sein Gesicht. Er versuchte sich aufzustemmen, aber dazu hatte er keine Kraft mehr. Auf dem Bauch kroch er den Weg entlang, als führte dieser an einen geschützten Ort, aber ein Geschoss aus der Bordkanone traf ihn und seinen Bienenkasten. Die Explosion des Geschosses schleuderte Erdklumpen und Steine durch die Luft.

Mika und Julia lagen im Schutz der Felsen. Ein ätzender Geruch breitete sich aus. Er brannte in ihren Augen. Über ihnen trafen Kugeln die Felsbrocken. Gesteinssplitter prasselten auf sie nieder. Ein Querschläger traf Mika am rechten Oberarm.

Menschen schrien. Verstummten.

Kugeln mähten die Fliehenden nieder. Eine Frau rannte über die Ebene, ein Kind an sich gedrückt.

Der Hubschrauber drehte sich. Ein einzelner Schuss. Die

Frau wurde von der Kugel getroffen. Sie stolperte und fiel beinahe hin, lief weiter, mit einer Hand nach einem Halt suchend. Die nächste Kugel streckte sie nieder. Sie fiel hin, wollte sich aufrappeln, aber sie schaffte es nicht mehr. Lang ausgestreckt blieb sie im Gras liegen.

Der Hubschrauber drehte sich mit ohrenbetäubendem Lärm im Kreis, keine zwanzig Meter über dem kleinen Platz. Der Wind der Rotorblätter vertrieb den Rauch und den Staub.

Mika griff nach dem Hasentöter und zog ihn aus der Hosentasche. Mit beiden Händen hielt er ihn fest und zog mit dem Daumen der rechten Hand den Hammer zurück.

»Mika, sie fangen wieder zu schießen an, wenn du mit dem Revolver …«

Mika kauerte in der schmalen Lücke zwischen den Felsen und zitterte am ganzen Leib. Seine Beine zitterten. Seine Hände.

Er wollte sich aufrichten, um auf den Hubschrauber zu schießen, aber Julia fiel ihm in den Arm.

Der Hubschrauber flog jetzt über sie hinweg. Die Frau lag regungslos mitten auf der Ebene. Der Wind bewegte ihr langes, dunkles Haar. Einen Arm hatte sie um das Kind gelegt. Der Schatten des Hubschraubers lag über ihr wie der Schatten eines riesigen Monsters.

Plötzlich drehte der Hubschrauber und flog im Licht der Sonne davon, als hätte er mit dem, was hier geschehen war, nicht das Geringste zu tun.

Als wäre nicht er es gewesen, den die Hölle ausgespuckt hatte.

Das Blut Unschuldiger vergossen.

Nachdem der Hubschrauber nicht mehr zu hören war, herrschte wieder Stille.

In dieser Stille fing Mika an zu weinen. Die kleine Pistole fiel ihm aus den Händen. Er warf den Kopf in den Nacken, versuchte durch den weit geöffneten Mund einzuatmen. Sein Körper begann unkontrolliert zu zucken.

Julia legte beide Arme um ihn und hielt ihn fest.

✪

Der Hubschrauber kehrte nicht mehr zurück.

Einer der Männer schob den leblosen Körper eines anderen Mannes von sich und kroch auf allen vieren zu einem Jungen, der einige Schritte von ihm entfernt in einer Blutlache lag.

Der Mann brach über dem toten Jungen zusammen und blieb regungslos über ihm liegen.

Eine Frau saß gegen eine Böschung gelehnt. Blut lief ihr über das Gesicht.

Ein kleines Mädchen kniete bei seiner Mutter und versuchte sie wachzurütteln.

Der Mann, der Rob hieß, verblutete.

Ein anderer Mann erhob sich und wankte über die Ebene. Er blieb bei einem der Toten stehen, ging weiter zum nächsten und zum nächsten. Als er erkannte, dass außer der Frau und dem anderen Mann niemand mehr lebte, setzte er sich auf den Boden und vergrub den Kopf in den Händen.

Fast eine halbe Stunde war verstrichen, als Mika und Julia zwischen den Felsen hervorkrochen.

Kampfjets flogen hoch über ihre Köpfe hinweg.

Der Mann, der über dem Jungen lag, stemmte sich hoch. Er starrte Mika und Julia an, als hätte er seit Jahren keine lebenden Menschen mehr gesehen. Sein Gesicht und seine Hände waren blutverschmiert.

Ohne ein Wort zu sagen, hob er den toten Jungen vom Boden auf und ging mit ihm davon.

Mika und Julia gingen zu der Frau und setzten sich neben sie.

»Wie kann jemand so was tun?«, stieß die Frau hervor. »Wie

kann jemand einfach über diesen Bergen herumfliegen und auf Menschen schießen, als wären sie Tiere?«

Mika blickte zur Stelle hinüber, wo der alte Mann ums Leben gekommen war. Das Stück des Weges, wo er gelegen hatte, existierte nicht mehr. Vom alten Mann selbst und von seinem Bienenkasten war nichts mehr zu sehen.

»Keine Bienen«, keuchte Mika. »Nicht eine einzige.«

Die Pferde lagen dort, wo sie geweidet hatten, am Boden. Keine Spur von der Ziege.

Vom Wagen lagen weit verstreute Teile herum, Holzsplitter und verbogene Eisenstreben von der Bremse, ein zersplittertes Rad und ein Stück der Deichsel. Sonst nichts.

Alles, was geschehen war, erschien ihnen jetzt so bizarr und unwirklich wie die Stille, die sie umgab.

Julia schloss die Augen, um wenigstens für ein paar Sekunden der Wirklichkeit zu entfliehen.

»Bestimmt haben sie kein Herz«, sagte die Frau neben ihnen leise.

Julia ließ die Augen zu.

»Und auch keine Seele«, fiel der Frau etwas später ein.

Weder Mika noch Julia wollten ihr eine Antwort geben.

»Vielleicht sind sie gar keine Menschen«, sagte die Frau. »Vielleicht sind sie nur Soldaten.«

Danach schwieg sie.

Die Frau schwieg auch noch, als Julia die Augen wieder aufmachte.

Der Mann, der sich auf der Ebene hingesetzt hatte, war aufgestanden.

»Wir müssen weiter«, sagte er.

»Wohin?«, fragte die Frau.

»Wir müssen in die Stadt und den Leuten von diesem Massaker erzählen.«

»Glaubst du, dass uns jemand glauben wird?«

Der Mann hob die Schultern.

»Was weiß ich«, sagte er. »Ich weiß nur, dass wir hier nicht bleiben können.«

Mika erhob sich. Er ging zum Anfang des Weges, der zum Wäldchen hinüberführte. Dort lag die Pfeife des alten Mannes.

Er bückte sich, nahm sie vom Boden auf und betrachtete sie.

✪

Der Beamte saß in seiner goldblitzenden weißen Uniform hinter einem Schreibtisch und schrieb etwas auf ein Blatt Papier. Dann sah er auf und musterte Julia und Mika abfällig.

»Wir töten keine Zivilisten«, meinte er lächelnd. »Was auch immer ihr mir erzählt habt, ist wohl in einem eurer jugendlichen Albträume passiert.«

Der Mann legte seinen Kugelschreiber weg und blickte auf seine Armbanduhr. »Gibt es sonst noch etwas, was ihr mir sagen wollt?

»Es waren Flüchtlinge. Männer, Frauen und Kinder«, fuhr Julia hartnäckig fort. »Ein alter Mann hat sie über die Berge geführt, ein Imker.«

»Ein Imker?«

»Tun Sie nicht ständig so, als könnten sie nicht verstehen, was wir Ihnen sagen«, sagte Mika. »Ein Helikopter hat auf Flüchtlinge geschossen! Es sind mehr als ein Dutzend Menschen ums Leben gekommen!«

»Wir reden von einem Massaker«, fügte Julia hinzu. »Jemand ist dafür verantwortlich. Ich kann mir nicht denken, dass die Piloten auf Flüchtlinge schießen, wenn ihnen das nicht befohlen worden ist.«

»Meine Zeit ist zu knapp bemessen, als dass ich mich mit solch unsinnigen Anschuldigungen noch länger beschäftigen könnte. Ich …«

»Sie sind ein Offizier der Staatspolizei«, schnitt ihm Julia das Wort ab. »Sie sind für das, was in den Bergen geschehen ist, verantwortlich. Wir werden nicht ruhen, bis diese Sache geklärt ist. Und wenn Sie uns nicht helfen wollen, werden wir die Medien informieren.«

Der Beamte hinter dem Schreibtisch spielte mit den Fingern seiner rechten Hand an seinem goldenen Ehering herum.

»Es wäre vergebliche Mühe. Niemand wird euch glauben. In diesem Land herrscht Ruhe und Ordnung. Die Menschen sind zufrieden. Es geht der Bevölkerung gut. Die Presse steht hinter der Regierung und das Fernsehen gehört dem Staat und somit dem Volk. Ich glaube, ihr solltet so schnell wie möglich vergessen, was ihr geträumt habt, und unser Land so schnell wie möglich verlassen.«

»Dieses Land wird von Schurken regiert«, sagte Mika hart. »Deshalb wird es nicht mehr lange dauern, bevor auch hier die Menschen aufstehen und …«

»Das genügt!«

Der Offizier drückte auf einen Knopf der Gegensprechanlage. Sekunden später wurde die Tür geöffnet und zwei uniformierte Männer betraten den Raum, beide mit Maschinenpistolen bewaffnet.

»Diese zwei junge Leute sind bereit, mein Büro zu verlassen«, sagte der Offizier. »Sorgt dafür, dass sie sicher zum Amt für Immigration kommen. Man soll sie dort wie Flüchtlinge behandeln und bis zur Abschiebung an einem sicheren Ort verwahren.«

»Wir lassen uns nicht einfach …«

Ein Fußtritt traf Mika ins Kreuz. Der Schmerz ließ ihn auf die Knie fallen. Der Offizier hinter dem Schreibtisch rückte den Stuhl zurück und stand auf. Er kam um den Schreibtisch herum und blieb vor Mika und Julia stehen.

»Wir machen mit euch, was wir wollen«, erklärter er ihnen

kalt. »Wir können euch in einem unserer Gefängnisse einsperren, bis ihr grau seid. Wahrscheinlich würde zwei Straßenratten wie euch niemand vermissen.«

»Wir sind auf dem Weg nach Hause«, stieß Julia hervor.

Der Offizier lachte spöttisch auf. »Gut, wir werden euch nicht lange aufhalten. Ihr beide verlasst unser Land im nächsten Zug. Bis dann wird Sicherheitsverwahrung gewährt.«

Er gab den beiden Männern einen Wink.

»Auf die Beine mit dir!«, herrschte einer von ihnen Mika an. Der andere stieß Julia mit der Mündung der Maschinenpistole in die Seite.

»Draußen scheint die Sonne«, höhnte er. »Raus mit euch.«

Mika und Julia wurden durch den Hinterausgang in einen Hof geführt. Dem Regierungsgebäude gegenüber befand sich ein Gefängnis. Die beiden uniformierten Männer stießen Mika und Julia vor sich her über den Platz. Es schien tatsächlich die Sonne, aber die grauen Mauern der Gebäude hinderten ihre Strahlen daran, den Boden des Hofes zu erreichen.

»Warum werden wir verhaftet?«, fragte Julia, als sie vor der Gefängnistür standen.

»Zu eurer Sicherheit«, sagte einer der Männer. »Nur bis der nächste Zug fährt.

Mika fiel in diesem Moment wieder der blasse Mann ein, unter dessen Kommando seine Mutter verhaftet worden war.

✪

Die Zelle war nicht mehr als ein vergitterter Käfig mit einigen fest montierten Schlafkojen aus Lochblech, immer zwei übereinander. Eine schmutzige Klosettschüssel ohne Brett befand sich in der hintersten Ecke.

Es stank in diesem Käfig, dessen Wände mit Fäkalien verschmiert waren.

Mika und Julia waren nicht die einzigen Gefangenen. In einem anderen Käfig waren Männer eingesperrt.

Sie hockten auf den Pritschen wie Affen in einem Zoo.

Einer von ihnen fragte Mika, warum sie eingesperrt worden waren.

»Sie wollen uns abschieben«, sagte Mika.

»Da habt ihr Glück. Uns werden sie zuerst verhören. Und wenn wir ihnen nicht sagen, was sie hören wollen, werden sie uns foltern.«

»Warum sagt ihr ihnen nicht einfach, was sie hören wollen?«

»Wenn wir ihnen sagen, was sie hören wollen, wollen sie etwas anderes hören als das, was sie zuvor hören wollten.«

»Es ist ein übles Spiel«, mischte sich ein anderer ein. »Wenn sie uns gefoltert haben, bringen sie uns um.«

»Warum? Wer seid ihr?«

»Wir sind die Stimme der schweigenden Mehrheit.«

»Dieses Land gilt als Musterland«, sagte ein anderer Mann. »Es hat einen guten Ruf. Die Regierung ist eine angesehene Regierung. Dem Volk geht es gut, sagt man. Jeder hat genug zu essen. Die Arbeitslosigkeit liegt bei unter fünf Prozent. Ja, unser Staat ist ein angesehener Staat der großen Staatengemeinschaft. Wir haben die Genfer Konvention unterschrieben. Bei uns herrscht Ruhe und Ordnung. Bei uns ist alles gut.«

»Wir sind ein schrecklich gutes Land«, lachte einer hämisch.

In der Nacht feierte die Stadt ihren Präsidenten. Es wurde laut. Feuerwerk. Musik. Lachen. Autogehupe.

Es ging den Menschen blendend gut. Überall fanden Partys statt. Schönheitsköniginnen wurden gewählt. Freudentränen vergossen. Fußball gespielt. Autos gekauft. Straßen gebaut. Mode kreiert. Maschinen entwickelt. Gold geschürft. Gefressen, gesoffen, gegoogelt, getwittert, gelogen, geliebt und betrogen.

Von den Männern, die in den Gefängnissen zu Tode gefoltert wurden, wusste niemand etwas. Wollte niemand etwas wissen.

Sie hatten keine Rechte.

Nicht einmal das Schweigen wurde ihnen erlaubt.

Also logen sie.

Und weil ihre Folterer die Lügen für die Wahrheit hielten, töteten sie sie.

✪

Die letzte Hoffnung war der Weg zurück.

Mit aller Kraft versuchte Julia die Tür aufzudrücken.

Sie stemmte den Rücken gegen das Holz, doch die Tür gab keinen Millimeter nach.

Die Männer kamen durch den langen Bergwerksstollen auf Julia zu.

Zottelige Felle hingen von ihren Schultern. Ihre Füße waren nackt. In den Händen hielten sie große Steine und Knüppel aus Holz.

Ihre Gesichter und die langen Arme und die krummen Beine waren dicht behaart. Einige waren kahl geschoren, den anderen stand das Haar wild vom Kopf ab oder hing in Strähnen bis auf ihre Schultern herunter.

Sie konnten nicht reden. Sie gaben nur Laute von sich, die Julia noch nie gehört hatte. Bedrohliche Laute voller Hass und wilder Entschlossenheit.

Trotz der Haare erkannte sie jeden Einzelnen.

Einer von ihnen war der Kontrollbeamte, der sie mit dem nackten Baby nicht durch den Scanner hatte gehen lassen wollen. Ein anderer war der Mann, von dem ihr Mika erzählt hatte, der Geheimpolizist, der seine Mutter verhaftet hatte. Ein anderer war Rodas Vater, dessen Keule mit Blut verschmiert war. Der Beamte in der weißen, goldglitzernden

Uniform befand sich unter ihnen, und einige der Soldaten, die das Steinhaus angegriffen und den Jungen verschleppt hatten. Die Jungs, die sie im Hausflur vergewaltigen wollten.

Und hinter ihnen kamen mehr und mehr. Eine dunkle Heerschar von halb verbrannten Mumien direkt aus der Hölle.

Für Julia gab es kein Entkommen.

Ein letztes Mal warf sie sich gegen die zugesperrte Tür.

»Vater!«, schrie sie. »Vater!«

Dann glitt sie an der Tür entlang zu Boden und hielt die Hände schützend über ihren Kopf.

Sie wurden in den frühen Morgenstunden entlassen und von Polizisten in Zivil zum Bahnhof eskortiert.

Der Zug brachte sie über die Grenze in ein anderes Land.

Am Nachmittag rief Julia von einer Telefonzelle im Bahnhof zu Hause an.

Es dauerte eine Weile, bis sich ihre Mutter meldete.

»Ich bin's, Mama.«

»Julia?«

»Ja, ich bin's.«

»Julia!«

»Mama, wir sind auf dem Weg nach Hause.«

Ihre Mutter fing an zu schluchzen. Da hörte Julia die Stimme ihres Vaters. »Gib mal her«, sagte er, und sie sah vor sich, wie er ihrer Mutter den Hörer aus der Hand nahm.

»Julia?«

»Ja.«

»Wo bist du?«

»Wir sind in einem Bahnhof.«

»Wo denn?«

»An der Grenze, man hat unsere Pässe kontrolliert. Der Zug fährt in zwei Minuten.«

»Wer ist bei dir?«

»Mika.«

»Julia ...«

»Ja.«

»Kommst du nach Hause?«

»Wenn ich darf?«

Sie hörte ihren Vater tief Luft holen. »Du weißt inzwischen, dass es nicht richtig war, einfach davonzulaufen.«

»Wir sind nicht einfach davongelaufen.«

»Was denn?«

»Wir wollten weg, ein anderes Leben führen.«

»Deine Mutter ist fast gestorben vor Sorge um dich, Julia.«

»Darf ich nach Hause kommen?«

»Warum denn nicht?«

»Weil du es gesagt hast.«

»Was soll ich gesagt haben?«

»Dass die Tür für mich für immer zu sein wird.«

»Ach was.«

»Das hast du gesagt.«

»Ach was. Auch wenn ich es damals gesagt habe, gemeint habe ich es bestimmt nicht.«

»Doch, Vater. Du hast es genau so gemeint.«

»Es sind Monate her, Julia.«

»Willst du, dass ich wieder nach Hause komme?«

»Natürlich will ich das. Schon allein wegen deiner Mutter.«

»Nicht wegen dir?«

»Deine Mutter hat sehr gelitten, Julia.«

»Du nicht?«

»Ich?«

»Ja.«

»Ich ... ich habe versucht deiner Mutter zu helfen.«

»Das meine ich nicht, Vater.«

«Was dann?«

»Ich frage dich, ob du mich vermisst hast?«

»Was willst du hören, Julia? Dass ich dich vermisst habe? Natürlich habe ich dich vermisst. Willst du das hören, Julia? Dass ich dich vermisst habe?«

»Ja. Weil ich euch auch vermisst habe.«

»Wann kommst du nach Hause?«

»Morgen.«

»Gut. Dann rede noch mal mit deiner Mutter.«

»Nein, der Zug fährt gleich.«

»Gut, Julia.«

Julia hängte den Hörer an die Gabel und rannte die Treppe hinunter und durch den langen Gang, in dem es nach Urin stank, und die Treppe hinauf.

»Bitte einsteigen«, sagte eine Lautsprecherstimme. »Die Türen schließen automatisch.«

✪

Mika ging die Treppe hinauf.

Die Wohnung befand sich im obersten Stock des alten Hauses, in dem es keinen Aufzug gab,

Er erinnerte sich, wie er damals im Bett gelegen hatte, als die gekommen waren, um seine Mutter in Schutzhaft zu nehmen.

Es schien eine Ewigkeit her, aber die Erinnerungen waren klar und deutlich. Während er die Stufen hinaufging, fing sein Herz an wehzutun. Er dachte, dass er noch heute auf den Friedhof gehen wollte, wo seine Mutter begraben war.

Als er im dritten Stock ankam, wollte er zuerst die Türklingel drücken. Aber dann entschied er sich anders und drückte vorsichtig die Klinke nieder.

Die Tür war nicht abgeschlossen.

Mika betrat die Wohnung.

»Bitches Brew« lief. Mika hatte diese Miles-Davis-CD seiner Mutter zu ihrem letzten Geburtstag geschenkt.

Im Flur brannte die Lampe. Die Küchentür stand sperrangelweit offen. Das Blumenfenster über der Anrichte war einen Spaltbreit geöffnet. Die Glocken der Sankt-Josephs-Kirche läuteten. Das taten sie zu Hochzeiten und Beerdigungen.

Mika machte leise die Tür seiner Zimmers auf. Es war alles noch so, wie er weggegangen war. Nur das Bett war gemacht. Sein alter Eisbär lag auf dem Kissen, leicht vergilbt und schlaff, den Kopf auf einem der Vorderbeine ruhend.

Mika ging leise weiter zum Arbeitszimmer seiner Mutter.

Sie saß am Schreibtisch, mit dem Rücken zur Tür und arbeitete auf ihrem Laptop. Sie trug den grauen Pulli. Das Haar hatte sie hochgesteckt, sodass ihr Nacken frei war.

Mika ging auf Zehenspitzen zu ihr und hielt ihr von hinten mit beiden Händen die Augen zu.

Sie lachte auf.

»Mika«, sagte sie und er nahm die Hände von ihren Augen.

Sie drehte den Kopf, aber es war nicht seine Mutter, die ihn anblickte.

»Ich bin Katharina, eine Mitstreiterin deiner Mutter«, sagte die Frau.

Mika sah sie verständnislos an.

»Hat er dir nichts gesagt, als du angerufen hast?«, fragte sie.

»Was hätte er mir denn sagen sollen?«

»Dass wir zusammen sind.«

»Nein, das hat er mir nicht gesagt.«

Mika drehte sich um und ging in die Küche. Er nahm eine Flasche Cola aus dem Kühlschrank. Er öffnete den Drehverschluss und trank aus der Flasche.

Die Frau trat in die Türöffnung und betrachtete ihn.

Er wartete darauf, dass sie etwas sagen würde. Seine Mutter hatte ihn immer ermahnt, ein Glas zu nehmen und nicht aus der Flasche zu trinken.

Die Frau sagte nichts.

Mika nahm ein Glas aus dem Küchenschrank und machte es voll.

»Willst du auch?«, fragte er die Frau.

Sie schüttelte den Kopf. »Schön, dass du endlich da bist, Mika. Soll ich deinen Vater anrufen?«

»Nein.«

Er setzte sich an den Küchentisch und sie setzte sich auf den Stuhl ihm gegenüber und sah ihn an. Sah ihn einfach an, so wie es seine Mutter manchmal getan hatte.

Dann lächelte sie ein wenig. »Darf ich dich etwas fragen?«

Er trank einen Schluck aus dem Glas. »Ja bitte.«

»Wonach habt ihr gesucht dort draußen?«

Er schaute sie lange an.

»Ich weiß es nicht«, sagte er dann.

»Aber als du und Julia weggegangen seid, habt ihr es gewusst?«

»Ich denke, dass wir etwas gesucht haben.«

»Und nun weißt du nicht mehr, was es war?«

»Ich kann mich nicht erinnern«, sagte er. »Wirklich nicht.«

Wäre eine Welt ohne Krieg eine Welt ohne Menschen?, dachte er.

Es würde still sein.

Und in dieser Stille würde ein Kind geboren.

Es wäre der erste friedliche Mensch, nachdem die Menschen sich gegenseitig ausgerottet hatten.

Noch lag die Welt in Trümmern.

Noch schien die Sonne wie durch einen schmutzigen Nebel.

Es war kalt und es schneite dunklen Schnee. An der Oberfläche des Sees trieben tote Fische mit weiß schimmernden Bäuchen.

Auf der Straße lag der Kadaver eines Rehs.

Julia kauerte in eine Decke gehüllt in der Ruine eines Hauses und stillte das Baby. Auf dem Boden lagen Geldstücke herum, aber sie waren wertlos.

Mika kam mit einem Armvoll Holz zurück und entfachte ein Feuer.

Es war das einzige Feuer weit und breit.

Nach und nach näherten sich Menschen dem Feuerschein, setzten sich auf die Trümmer und begannen in ihren Habseligkeiten herumzukramen.

Keiner besaß viel, aber was er besaß, teilte er mit den anderen.

Und sie fingen an über die Zukunft zu reden.